リカちゃん先生のご内密

桃吉

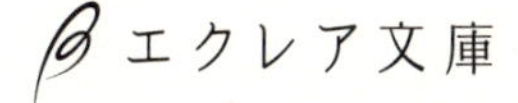

この物語はフィクションであり、実際の人物・
団体・事件等とは、一切関係ありません。

Contents

イラストレーション＊ジェニー
カバーデザイン＊大澤貞子
ブックデザイン＊五十嵐好明

過保護な先生の『うれいごと』

1

季節は少し過ぎ、桜が散って青葉が眩しい六月。中間テストも無事済んで、平穏な日々が戻ってきた。

「けーい、早く帰ろう！」

鞄を持った鳥飼拓海（とりかいたくみ）が、明るい笑顔を携えて慧（けい）の隣に立った。その後ろには、欠伸を噛み殺そうともせず、盛大に口を開ける牛島歩（うしじまあゆむ）もいる。

「ん、ちょっと待って」

必要最低限の荷物を詰めた鞄を持ち上げると、慧は早くと急かす拓海を振り返った。こうして三人で過ごす時間は、中学時代を含めると四年目になる。今となっては定位置になった拓海の左隣に立ち、下校する生徒が行き交う廊下を進む。

ある程度教室から離れたところで、顔を上げた拓海が「なあ」と、慧に声をかけた。

「慧。好きな食べ物は？」

突然、好物を訊ねられた慧は首を傾（かし）げる。

「え、急になに？」

「いいから答えて。好きな食べ物と好きな色と、好きなテレビ番組も。あー、あとは好きな髪型と好きな音楽と……」

「ちょっと待て、拓海。なにその質問」

スマートフォンを見ながら矢継ぎ早に質問してくる拓海に対し、慧は意味がわからず問いかけた。すると拓海が悪びれもなく告げたのは「慧に聞いてくれって頼まれた」という、慧にとっては答えにならない答えだ。

「はぁ？　なんで？」

「そんなの、慧のことを知りたいからでしょ」

「俺は知られたくないんだけど」

「そうだな。お前はそういうやつだよ」

頷く拓海の真後ろに黙って立っていた歩が、やっと口を開く。

「バカか拓海。慧に普通を求めても無駄だって」

ずっと黙っていたくせに、ようやく口を開いたかと思えば出たのは皮肉。言われたのは拓海だとわかってはいても、慧の眉間に皺が寄る。

「バカはお前だ、歩。俺は普通で平凡な男子高校生だ」

慧の台詞にため息をついた歩がじろりと見下ろす。一八〇センチを目前とした歩の冷めた視線にたじろいだ慧は、思わず一歩後ずさってしまった。不意に踵が消火器に当たり、鈍い痛みが走る。

「お前のどこが平凡だよ。男の担任と付き合ってるどころか半同棲して、毎日ズッコンバッコ――」

「時と場所を考えて喋れよ！」

相変わらずの無表情で、とんでもないことを言いかけた歩の口を急いで塞いだ慧は、詰め寄るように睨みつける。ひくひくと小刻みに震えた唇の端が、慧の怒りを顕著に表していた。

「学校でなに血迷ったこと言おうとした？　なあ、なに言おうとしたんだよ」

眼光鋭くねめつければ、ふごふごと曇った歩の声が慧の手のひらに吸い込まれる。何度も頷き、早く離せと目で訴える歩と、それでも威嚇を続ける慧の間に立った拓海は、苦笑いを浮かべるしかない。

「まあまあ。歩も慧も、ちょっと落ち着けって」

宥める拓海を無視し、慧の怒りの矛先は歩だけに向く。それを正面から見据えた歩の黒い目が、歪(いびつ)な形に歪(ゆが)んだ。

「――っ!!　んぁっ！」

ぬるりと水気を帯びた何かが慧の手のひらを這う。生暖かいそれに慄(おのの)き手を放せば、唇を親指で拭う歩の姿があった。

「はぁ。息苦しかった……って学校で喘ぐなよ。時と場所を考えろ、変態」

にやつく笑みをそのままに、高校生にしては色気のある視線を送る歩。唇を触っている仕草から、先ほど自身の手のひらを這ったものの正体を慧は悟った。

「あっ、歩！　人の手なんか舐めるんじゃねぇよ！」

周囲に人がいるにもかかわらず、大声を上げた慧は手を壁に擦(なす)りつけた。下から上へと肌を舐め上げた舌の感触を忘れたくて、何度も何度も壁へと押しつける。

それには歩も不快そうに眉を顰(ひそ)めた。

「おい、人を病原菌みたいな扱いするな」

「それより悪い！　ああ、まだ感触が残ってる……最悪だ」

「口に手を当てられて、あれだけ熱く見つめられたら、舐めてほしいのかと思うだろ普通」

「思わねぇよ！　お前の普通はどうなってるんだよ‼」

「そうか？　慧は変わってるな」

首を傾げる歩に、慧は忘れていた事実を思い出す。歩が誰の弟かを思えば、この非常識な行動も『普通』だと言ってしまってもおかしくはない。非常識が服を着て歩いているあの男の弟なのだから、慧に理解できるわけがなかった。

「ほら。早く帰るぞ、手を舐められて喘いだ変態」

「ああもう、お前腹立つ！」

しれっとした顔で先へ進む歩の後ろを、慧は足音荒く追いかける。すっかり歩のペースに乗せられ、唸る慧はもう一人の存在を頭の中から消し去ってしまっていた。

「くうぅ！　歩と慧のエロトークについて行けないっ……」

マイペースな二人に存在を無視された拓海が、顔を赤らめて蹲る。今日も兎丸慧の周囲は、賑やかだ。

＊　＊　＊

拓海や歩と別れ、家に帰った慧はソファに座ってぼんやりとしていた。いつも夕飯を済ませた後は、適当にテレビを流し見することが多い。けれど今日は、それの電源をつけることすらしなかった。その理由は、一つ。

鍵を開ける小さな音が聞こえ、慧はテーブルに置いていた教科書に手を伸ばす。心の中で六〇秒を数え、本とノートを脇に抱えて家を出た。

渡されている合鍵を鍵穴に差し込み、ゆっくりと回す。すると、内鍵の掛かってないドアは簡単に開いた。隙のないリカにしては珍しく、慧は少しの違和感を感じつつも足音を殺して玄関を上がる。

奥へと続く廊下。擦りガラス越しに見える背中は、この家の主のもので間違いない。

スーツのジャケットを脱いだ後ろ姿。締まった細い腰に、嫌味なほどに長い脚。既製品ではないオーダーメイドのスラックスの色は、今日も黒。

二人を隔てていた最後の扉を開けると、その音に男が振り返った。一切驚いた様子を見せないのは、ここに慧が来ることを予測していたからに他ならない。

「やっぱり来ると思った」

緩く唇を開いたリカが、その両端を左右対称に上げる。いつもよりも遙かに遅い時間の帰宅のはずなのに、突然の訪問を咎(とが)めることはしない。

「おかえり。リカちゃん」

「ただいま、慧君」

ネクタイを緩めながら俯いたリカは、灰皿に置いていた煙草を指で摘まみ上げた。帰ってきてからすぐに火を点けたのか、半分ほどの短さになったそれからは紫煙が昇っている。

「夕飯は？　ちゃんと食べたのか？」

銜(くわ)え煙草がだらしなく見えないのは、その整いすぎた容貌のおかげかもしれない。学校で見せる整然さはないものの、これはこれで目を奪われるものだ、と慧は感嘆した。しかし、それを素直に言ってやる謂(いわ)れはない。そんなことを言われたところで、賞賛に慣れているリカは動揺の欠片も見せないだろう。

「ん。食えないことはなかった」

今日の夕飯は魚の煮つけに味噌汁、それから五目御飯。全てリカが前日から仕込んでいたものだ。残さず平らげたくせに、意地を張って可愛くない言い方をしてしまう。そんな慧の性格を知ってか、リカは嫌な顔一つ見せずに口元に笑みを浮かべた。

「それは良かった。で、その手に持っているのは？」

　ソファに座ったリカが煙草を灰皿へと捨てる。間を開けず二本目を手に取るのは慧に疲れを知られたくない理由からだったのだが、それはリカの杞憂に終わった。

　頭の中で練習していた言葉を、できるだけ自然を装って。そのことに夢中になっている慧に、リカの滲ませた疲れは露見することはなかった。俯き加減のまま、早口で言葉を口にする。

「明日の予習しようと思ったんだけど、一人じゃ全然わからなくて。でも予習しなきゃ、明日当てられたら……その、困るっていうか」

　少し驚いたように開いたリカの目が柔まり、まだ火を点けていなかった煙草をテーブルに戻した。不器用にも愛らしく『構ってくれ』のサインを出す恋人を、誰が見逃すものか。

　本当はまだ仕事は残っているし、昼以降何も食べていなかった身体が空腹を訴えている。もしここに慧がいなければ、適当に何かを摘まんで持ち帰った仕事を片付け、日を跨いでからシャワーを浴びて眠っていただろう。

　帰宅途中に立てていた予定を、リカは頭の中から捨てた。仕事も空腹も、疲れも全て。愛しい恋人のお願いと比べれば、一瞬で忘れてしまえるのが獅子原理佳（ししはらあきよし）なのである。

「おいで、慧君」

至極甘ったるい声で誘う。自分にこんな一面があったことをリカは内心で驚き、それでも躊躇している慧を見つめた。

一方の慧は、言ってみたはいいものの、口に出した途端に羞恥が募って身動きがとれずにいた。おそらく、自分のついた嘘にリカは気づいているだろう。それを慧は自覚していて、廊下へと繋がる扉の前で立ち往生していた。

「でも、リカちゃん帰ってきたばかりだろ？　飯も食ってないし、風呂もまだだし」

「それで？」

「それでって……なんか、悪いなと思って」

言葉を連ねる度に慧の頭は下がり、視界はフローリングの床だけを捉える。まるで必死に言い訳をしている子供のようだ。あながち間違ってはいないのだけれど、居た堪れなくて完全に顔を伏せると、すぐ傍に甘い匂いを感じた。

慧がうだうだとしている間にソファから立ち上がったリカは、脇に抱えていた教科書とノートを奪う。そして、それを開いてすぐに、くっと喉の奥で笑った。

一人で試みたとは思えない、まっさらなページ。予習しようとしていたなんて嘘は、簡単に暴かれてしまう。

「教えてほしい？」

リカの声に、いつもとは種類の違う甘さが増し、伸ばされた手が慧の顎を持ち上げる。頬を染めて瞳を潤ませる仕草は、天然とはいえ、あまりに煽情的だ。

「ほら。おねだりの仕方は教えてあげただろ?」

自身の唇をリカの骨ばった親指が撫でれば、慧は身体の奥を疼かせる。ぞくぞくと走るその痺れは、精神的な快感だろうか。まだ恋愛初心者の慧は、悦楽の端を手繰り寄せ、掠れた声で先を求める。

「……教えて、リカちゃん先生」

情欲の籠ったリカの黒い瞳が妖しく煌めく。そこに映る慧は、期待に満ちた顔をしていた。

陶酔する慧を抱き上げたリカが向かったのは、寝室。二人の予習は、寝室で行われる。

＊　＊　＊

前を寛がせただけのスラックスを整え、ベランダに出たリカは煙草に火を点けた。その後ろにあるベッドでは、慧が規則正しい寝息を立てて眠っている。

リカは自分なりに抑えたつもりではいたが、すぐに眠ってしまった慧の様子から察するに、どうやら無理を強いてしまったらしい。ただ、言い訳をするのなら、わざわざ嘘の理由をつけてまでして会いに来た慧も悪い。毎度そんな可愛いことをされては、こちらの心臓が持たない。

慧とリカの関係が始まって四カ月。まだ四カ月とはいえ、いつも一緒にいる二人。けれど、どれほどキスをしても、連日のように抱いても飽きなどこない。

ふと、リカは今までの恋愛を思い返してみた。こんな風に誰かを愛したことなどあったろうか。一つ一つの言葉が、些細な仕草が愛おしくて仕方ないと思ったのは初めてだ。

細い身体で自分を受け入れてくれる最愛の人。慧の未来はまだこれからで、この先たくさんの出会いと別れを経験するだろう。そう思うと、一〇歳という年の差が恨めしい。せめて、あと五歳若ければ……と、無駄な戯言を考えたことも数え切れない。

それでも。

「どうしようもないほど、お前が好きだよ」

静かに眠る慧の顔を見つめ、そっと囁く。夜風に紛れた声は小さいけれど、確固たる決意を秘めていた。

いつまでも自分を求めてほしい。いつまでも追いかけてきてほしい。慧と過ごす時間が増える度、どんどん欲深くなっていく自分にリカは失笑する。

「これは重症だな」

ほとんど吸わないうちに灰になった煙草を揉み消し、音も立てず慧の隣に忍び込んだ。

少しだけ休んだ後、シャワーを浴びて急ぎの仕事を片付けよう。その為の活力を得ようと手を伸ばせば、リカのそれが届くよりも早く、慧が胸元へと転がり込んだ。

「リカちゃ、ん」

「起きたのか?」

起こしてしまったのか、と胸元の存在を見つめれば、ふんわりと笑った慧が再度「リカちゃん」と呟く。ただの寝言だとわかっているのに、名前を呼ばれただけで、リカの頬はだらしなく緩む。

「やっばぁ……慧君、可愛すぎ」

起きていても寝ていても、常に心を掴んで離さない恋人。無意識に擦り寄ってくる温もりを包み込み、そっと目を閉じた。

大げさではなく、慧の為なら何だってできる。誰かの為に生きることは、リカにとっては償いでしかなかった。それが喜びに変わった今、あの日の夢を久しく見ていない。

去っていく背中を追いかけて、ただ追いかけて。必死に縋ったはずが、何も掴めなくて絶望する。何度も繰り返し見ていた兎丸星一の最期の姿だ。

「うちのウサギちゃんは無敵だな」

慧を抱きしめていれば、自然と意識は微睡んでいく。

その日見た夢。久しぶりに会った星一は、リカに向かって偉そうに笑っていた。星一が呼ぶ『リカ』の名前はひどく懐かしく、無性に会いたくなった。

その翌朝。慧が目を覚ますと、既にリカの姿はなかった。普段よりも早く起きたはずなのに、もぬけの殻になったベッドはすっかりと冷めている。リカが出て行ってから、随分と時間が経った証拠だ。

もしかすると、まだ仕事が残っていたのかもしれない。だから、こんなにも早く出て行かざるを得なかったのかもしれない。そう思うと、慧は少しやり過ぎた、と一人反省する。

重たい身体を引きずるようにベッドから出て、顔を洗う為に洗面所へと向かう。途中にあるダイニングテーブルには、朝食のサンドイッチが置いてあり、リカが用意してくれたのだと知る。

自分よりも遅く寝たはずなのに、先に起きて朝食まで用意してくれた。嫌な顔も見せず、文句の一つすら言わないその行動。それはまるで——。

「理想の旦那」

思わず出た言葉に誰もいない部屋で一人、慧は照れる。火照りを抑えるため荒々しく顔を洗い、サンドイッチを食べてから自分の家に戻った。

制服に着替え、軽く髪を整えて家を出ようとしたところで、ポケットに入れていたスマートフォンが震える。それは、リカからの着信だった。

「はい」

平静を装って出た電話。若干声が弾んでしまった気もするが、咳払いをしてそれをごまかす。

『慧君おはよう。もう家を出た?』

「いや、今からだけど」

『それなら丁度良かった。忘れ物したから、持ってきてくれると助かる』

こういう時、隣に住んでいると便利だ。ましてや合鍵があるのだから、忘れ物を届けるなんて朝飯前。

リカに言われた『忘れ物』を持って学校へと向かう。教室に入り、自席に座ってそれを握りしめた。いつ、どのようにして渡そうかと考え、答えを見つけられずにいると教室の扉が開いた。

「はいみんな、おはよう」

教卓の上に出席簿を置いたリカは、普段と変わらない。淡々と話し、生徒のやじに相槌を打ち、時に優しく諫める。慧はそれを見て、昨夜とのギャップに息を吐いた。

あの澄ました顔に余裕がなくなっていく様子、落ち着いた声が途切れる瞬間。それらを間近で見て、直接感じられるこの関係は、特別感に溢れている。

強いて欠点を挙げるとすれば、誰にも気づかれてはいけないという制限があるぐらいだろうか。元々、自身のプライベートを吹聴するつもりのない慧にとって、それはさして問題ではないが。

「じゃあ出席とるから。まずは――」

慧は左右に首を振って、頭の中から邪な記憶を追いやろうとする。けれど浮かぶのは、リカの綺麗な鎖骨や細いくせに筋肉質な腕、それからくびれた腰。

このままでは自分まで変態になってしまう、と慧は顔を手で覆った。すると指の隙間から見える机の端に、誰かの手が乗った。見覚えのある整った爪に、長く節の張った指はリカのそれだ。

恐る恐る顔を上げると、思った通りの人物が悪戯なその瞳を向けてくる。

「兎丸」

「え？」

「返事は？」

上がったリカの眉に、慧は出欠をとっていたことを思い出した。

「は、はい！」

慌てて返事を返せば、口角だけを上げたリカが机の隣を過ぎて行く。少しの寂しさを滲ませた慧がリカの名残を追うと、手が置かれていた場所に見覚えのない紙があった。綺麗に畳まれた正方形のそれを開けば、整った字が並んでいる。

それは『終わってから三分後に出ること』とだけ書かれたメモだった。慌ててポケットに隠し、指定された三分が過ぎるのを待つ。

こっそりと教室を出た途端、慧のスマートフォンがメッセージを受信した。

『そのまま屋上まで上がって』

言われた通りに階段を上がると、屋上に続く踊り場の先に壁に凭(もた)れたリカが立っていた。

「ちゃんと持ってきてくれた？」

リカが身体を起こすと、艶のある黒髪が揺れる。ふわり、ふわりと舞うそれは、またもや慧に昨夜の情事を思い出させた。

「……ん。というか、なんで手紙なんだよ」

「その方が二人だけの秘密っぽくてドキドキするだろ？」

相変わらずなリカに例の『忘れ物』を差し出す。

「慧君のおかげで助かった。ああ、そうだ。さっき隣を通った時に思ったんだけど、今日は香水強くないか？」

至近距離で鼻を鳴らしたリカが慧の匂いを嗅ぐ。同じものを纏っているリカが気づくほどなのだから、その通りなのかもしれない。慧は困ったように、香水を吹きかけた手首を服で擦った。

「思ったより出ちゃったんだよ。臭い？」

「そこまでじゃないけど。いつもが薄いから、余計に強く感じただけかも。ついでだし、俺に移せばいいんじゃない？」

微笑んだリカがふんわりと慧を抱きしめた。こういうことを学校で堂々とできてしまう神経は、普通ではない。けれどリカらしくもある。

人の目を盗んででも触れたいと思うほど、年下の恋人に溺れる自分。リカにとって、愛しい気持ちで溺れ死んでしまいそうなこの状態こそ『溺愛』そのものだ。

「こんなことで移るのかよ」

寄せられた身体を押し返しつつも、慧の声はまんざらでもなかった。人目を気にしながら、それでも享受する素振りを見せる。

「さぁ？　多少なりとも、慧君の匂いが移れば俺は嬉しい」

「同じ香水なのに？」

「そこに兎丸慧が加わるかどうかが、大事なんだって」

「リカちゃんはバカなのか？　くだらねぇ」

可愛げのない言葉を返す反面、離れがたくて、慧は胸を押し返すことをやめた。いつもより遠慮気味に抱きしめてくるリカのスーツの裾をツン、と引っ張る。

「ん？」

小首を傾げる仕草ですら優雅だ。自分はこんなにも緊張しているのに、全く動揺を見せないリカに対して、小さな闘争心が燃える。少しは困らせてやりたいと思う。

余裕に溢れる黒い瞳から目をそらさず、慧は羞恥を必死に押し込んで口を開いた。

「……おつかい。できたんだから、ちゃんと褒美を寄越せ」

瞠目して固まったリカは、一瞬にしてその言葉の意味を理解した。すぐさま見開いた目が弧を描き、学校では決して見せない満面の笑みを浮かべる。

慧の作戦はリカを困らせることはなく、喜ばせるだけに終わった。「やっぱぁ……」という口癖と共に落とされたキスは、生クリームたっぷりのショートケーキよりも甘く、幸せに満ちていた。

「顔赤すぎ」

　リカと別れて教室に戻った途端、扉の傍に立っていた歩に絡まれる。その白けた視線を受けた慧は、僅かに眉を顰めた。

「うるせぇ。赤くなんか、なってない」

「学校で逢引きなんてしなくても、家に帰れば好きな時に好きなだけヤれんだろ」

「ななな、なに言ってんだよ！」

「何って、別に普通のこと言ったまでだけど。慧君ってば、変な想像すんなよ」

　わざとらしい呼び方をしたのは、誰かを思い出させる為だろうか。慧君だなんて呼ぶのは、この世に一人しかいないのだから、歩の考えは明らかだった。

「歩！　最近のお前は性格悪いぞ！」

　持ち前の口の悪さだけでなく、人を揶揄う意地の悪さまで追加した悪友を慧は睨む。けれどその顔は真っ赤で、小動物が威嚇している程度にしか感じられない。

「性格が悪いのは当然だな。だって俺、あの人の弟だし」

　ほれ、と自分の顔を指差した歩は、チャイムの音と共に自分の席へ戻ってゆく。その背中を見つめ、慧は小さくため息を吐いた。

　リカと付き合い始めてから、慧の周りは大きく変化した。曲がりなりにも教師の恋人であるのだから、まずは素行の悪さを改善した。すると、慧に倣ってか拓海や歩も授業に出るようになり、今では三人共が無遅刻無欠席の優等生だ。それを優等生と言うのはかなりハードルが低い気もするが、今までの生活から考えると、大きな改心だと言える。

問題児だった三人が何も問題を起こさなくなり、獅子原理佳大先生の教頭からの好感度はうなぎ登り。まだ教師になって数年目にもかかわらず、生徒指導を任されることになった。本人はそれを内心で嫌がったが、どうしてもと言われてしまえば頷く他ない。

年齢に不相応な立場になれば、やっかみや面倒事は自然と増える。それら全てを黙らせるには、他の追随を許さない仕事っぷりと結果が求められる。膨大に増えた仕事量に頭を抱え、余所行きの笑顔を張りつけて働くリカのストレスは計り知れなかった。

しかし、家に帰れば愛する恋人が待っている。いわゆる『ツンデレ』のツンの部分ばかりが目立つウサギさんだが、稀に見せるデレは核兵器並みの破壊力がある。リカは慧との時間だけを楽しみに、日々を過ごしていた。

そんなリカの些細な幸せが木っ端みじんに吹き飛ばされる事件は、とある日の昼下がりに起きた。

＊　＊　＊

「な……ん、だと。拓海、今のは俺の聞き間違いか？」

時は昼休み、場所は屋上。まだ長袖のシャツの袖口を捲り、大口を開けておにぎりを頬張ろうとしていた拓海に慧が詰め寄る。

「へ？　今のって？」

「だから、今さっきお前が言ったことだよ」

「今さっきって……ああ。四月のリカちゃん先生の誕生日に、教頭が見合い写真をプレゼントしたってやつ？　それとも、その中に自分の娘をしっかり入れてアピールしたって方？」

拓海の返答に、慧の眉がさらに鋭く吊り上がる。何かまずいことを言ったのか、と戸惑う拓海の手からおにぎりを奪った慧は、それを弁当箱へと戻した。すかさず歩が横取りしたが、そんなことは慧にはどうでも良い。

大事なのは『リカちゃん先生の誕生日』と『見合い写真』だ。いや違う、それも大事なのだが、何よりも慧が気にかかったのは、誕生日の前に『四月の』がついたことだった。

慧とリカの付き合いが始まったのが一月の終わり。そこからは特に喧嘩することもなく、至って順調なお付き合いを続けてきた。バレンタインにチョコレートを用意したのはリカだったが、ホワイトデーには一応はお返しをした。

気持ちが通じ合った時から現在の六月まで、イベントといえばその二つだけのはずだった。それなのに、拓海の発言で事態は一変する。

――四月の、リカちゃん先生の誕生日。

それが意味することはリカの誕生日が四月だということで、もう既に誕生日は過ぎてしまったという事実だ。何も聞かされずに今日まで過ごしてきた慧は、顔を歪めて荒々しく舌を打つ。

「あいつの誕生日が四月だなんて、俺は聞いてねぇんだけど」

慧の方から聞くことはしなかったけれど、リカから教えてくれたって良かったのではないか。何気ない会話の中で、さりげなく言ってくれたら良かった。募る不満はリカに対してだけでなく、拓海のおにぎりを奪った歩にも向く。

「歩、もちろんお前はリカちゃんの誕生日知ってたよな？」

「あ？　当たり前だろ。兄弟だからな」

「じゃあ、どうして教えてくれなかった？」

「なんで俺が教えなきゃ駄目なわけ？　そんなの、自分で調べるなり本人に聞くなりできただろうが」

歩の言うことはもっともで、自分が歩に対して怒るのは八つ当たりだという自覚はあった。けれど、少しぐらい協力してくれても……と、思うのが本心だ。

付き合いの長い歩なら、慧がリカの誕生日を知らないことに気づいていたはず。誕生日プレゼントの話題がないことや、そわそわとしていない様子から絶対に勘づいていたはずだった。

それなのに教えてくれなかったのは、歩の意地の悪さが原因だと慧は推測した。

「一言、今月が誕生日だぞって言ってくれるだけで良かったのに！」

「お前はバカか。ただでさえバカップルを見せつけられて疲れてんのに、さらに惚気を聞かされるイベントを増やせって言うのか？」

「惚気てないし、バカップルでもない！」

「当事者はそう言うんだよ。付き合ってらんねぇ」

ハッ、と鼻で笑った歩が立ち上がり、屋上の入り口から見えない死角へと移動する。そこで食後の一服を楽しむのが歩の習慣だ。

離れた歩を睨みつけ、歯ぎしりまでしそうな慧を宥めるのは拓海しかいない。内心では面倒な役を押しつけられたと思いつつも、最上級に不機嫌な慧の肩を軽く叩いた。

「まあまあ。リカちゃん先生が言わなかったってことは、別にどうしても祝ってほしいってわけじゃないいんだし。慧がそこまで気にする必要はないだろ」

「気にするだろ！　自分の誕生日はこれでもかと祝ってもらったのに、相手の誕生日がいつかも知らないなんて……そんなの、絶対におかしい！」

「でも仕方ないじゃん。聞かなかった慧も、教えなかったリカちゃん先生も悪い。ほら、喧嘩は両成敗って言うし、な？」

拓海の言うことは慧を味方する言葉でもあり、リカを庇う内容でもあった。どちらかだけが悪いわけじゃない。そう言ったはずなのに、慧の表情は益々荒れ狂う。

「あのバカ教師……っ、どうせ俺に教えたって、何もできないと思ってやがるんだ」

慧が出した地を這うような低音での呻(うめ)きに、拓海が瞬(まばた)く。たかが誕生日を教えなかっただけで、どこにそこまで悪く考える者がいるのだろうか。大方、あのリカのことだから年下の慧を気遣ってのことだったのだろう。拓海ですらそう予測できるのに、怒りに震える慧は、斜め上の発想を弾き出し、強く拳を握る。

「俺だって、付き合ってる相手の誕生日ぐらい祝える！　ちゃんとプレゼントも用意して、理想の大人デートってやつを演出できる!!」

「いや待って。慧、それはちょっと……慧には無理かと」

理想のデートどころか、今まで拓海や歩以外と出かけることのなかった慧。その慧に、理想の大人デートは荷が重すぎる。どう考えても無謀としか言いようがない。

思わず柔らかい言葉で諭した拓海だが、射殺さんばかりの視線を向けられれば、乾いた笑い声を発するしかなかった。これは絶対に揉めるな、とぼんやり考え、一人で避難した歩を横目で見やる。

咥(くわ)えていた煙草を口から離し、紫煙を宙へと吐いて笑んだ唇。声はなかったものの、歩が言った言葉は、しっかりと拓海の元まで届いた。あの唇の形、あの表情。歩が拓海に言ったのは『ご愁傷様』という、高みの見物を決める宣言だ。

そうはさせてたまるか。死なばもろとも、旅は道連れ世は情け。ここで一抜けだなんて許さないと、拓海は歩の元まで届くよう大声を張り上げた。

「じゃあさ！　歩のバイト先で慧もバイトすればいいじゃん。慧が自分で稼いだ金でプレゼント買ったら、きっとリカちゃん先生すげぇ喜ぶと思うよ！」

拓海の一言に驚き、肩を跳ねさせた歩の手元から煙草の火種が落ちる。そこにあるのは、先ほどまでの余裕綽綽（しゃくしゃく）な笑みではなく、心からの驚愕。ほくそ笑んだ拓海は、自分の目の前で拳を握ったままの慧に、これでもかと明るく笑いかけた。

「ちょっと遅れちゃったけど、大事なのは祝いたいって気持ちだから。ここは慧が少し大人になって、二カ月遅れの誕生日を祝ってやれよ！」

大空を背に光り輝く笑顔を見せる拓海。その晴れやかな顔に、慧の苛々も少しは和む。

「そう、だよな。過ぎたことを怒っても大人げないし、ここは俺が大人になってやるか」

「うん。きっとリカちゃん先生も、忙しくて忘れてたのかもしれないし。ほら、誕生日が過ぎた後に言うのって、言いづらいだろ？」

「それもそうだ。リカちゃんって変なところ抜けてるからな。本当、仕方ないやつ」

数分前までの怒りはすっかり消え去り、慧は呆れたような、慈しむような、何とも言えない表情を浮かべた。それは忙しさにかまけて、いつも自分を後回しにしてしまうリカに対してのものだったのだが、一部始終を客観的に見ていた歩からすれば、くだらないの一言に尽きた。

「……仕方ないほどバカなのはお前だろ。ウサギが鳥に負かされてんじゃねぇよ」

巻き込み事故は免れないことを知った歩が呟き、慧を上手く丸め込んだ拓海を睨みつける。いつもならその視線に怯える拓海も、今回ばかりはしてやったり、と黒い笑みを唇に携え、慧には見えない角度で歩と視線を合わせた。

リカの性悪で意地悪な性格は、歩だけでなく拓海にまで伝染していたのだが、おだて上げられた慧は一切気づくことはない。こうしてまた、慧の周りには厄介な人物が増えていくのである。

＊　＊　＊

例の如くリカが用意していた夕飯を食べ終えた慧は、今回は主が帰ってくるよりも先に家に忍び込んだ。前もって報告もせずに入った部屋。それは嫌味なほどに整頓されていて、持ち主の几帳面な性格を表している。

まるでモデルルームかと錯覚しそうな室内で、自分の為に常備されている菓子の袋を開け、ソファに横たわる。ローテーブルの上に並べられたリモコンに、リカの神経質な一面が表れているのだが、繊細さの欠片もない慧が気にするわけなどない。汚れた指をかまうことなくリモコンを手に取り、テレビをつけた。

自分の家と寸分変わらぬ寛ぎ方。ここまで性格が真逆のカップルも珍しいだろう。

「なんだ、来ていたのか」

それからしばらくして、リカが帰ってきた。その手にある仕事用の鞄はしっかりと膨れ、今日も持ち帰りの雑務を携えての帰宅だ。それでも我が物顔で寛ぐ慧を見て、嫌な顔一つせず緩く微笑む。

「ただいま慧君」

「…………」

「慧君?」

ただいまと言った後に返ってくるのは無言。リカは、自分が何かしたのかと考えるが、何も思い当たる節がない。用意した夕飯も慧の苦手な野菜は少なめにしたはずだし、今夜何かの約束をしていた記憶もない。と言うより、前もって約束を交わすことが普段からない。

では、なぜ。自身の家にいたということは、帰りを待っていたはず。それなのに、どうして慧はここまで機嫌が悪いのか。考えても出ない答えに首を捻ると、ソファに寝転んでいた慧が身体を起こした。

その顔は、とてつもなく怒っている。

「リカちゃん、話がある」

改まって切り出されると、無意識に背筋が伸びる。帰って鞄を置いただけだったリカは、ダイニングの椅子にジャケットをかけ、慧の隣に腰を下ろした。

「話って?」

「それは。それは……だな」

妙に言葉のキレが悪い慧。それほど言いづらいことなのか、と思い憚るリカの前で、慧が深いため息をついた。

視線を向けては背け、また向けて俯く。開いた口は意味のない単語を発し、すぐに閉じてしまう。そんな慧の様子を見て、リカの心はざわつく。

——まさか、別れ話……だろうか。

どのタイミングで慧が自分を嫌になったのかはわからないが、多感な時期だ。リカが思いも寄らない理由で、もうこの関係が嫌だと思ったのかもしれない。身体の芯まで凍りつきそうな嫌な予感がリカを襲い、慧に見えない位置で握った拳が痛んだ。慧との行為の為に短く揃えた爪が、手のひらに食い込む。

「慧君」

落ち着け、平常心でいろ。何かを言われても、冷静に返せ。呪文のように自身に言い聞かせ、リカは極力穏やかな声で呼びかける。

意を決した慧が顔を上げ、ようやく重たい口を動かした。

「リカちゃん、誕生日プレゼントは何が欲しい？」

「…………は？」

「だから、誕生日のプレゼント。お前ってなんでも持ってるし、きっと俺が欲しいものってリカちゃんは絶対いらないだろうし、そう考えたら思いつかなくてだな……」

学校から帰ってリカを待つまでの間、慧はずっとそのことを考えていた。今まで拓海や歩に渡したような、漫画やゲームをリカに渡したとしても喜ばないだろう。そもそも、大人の男に何を渡せばいいのか、皆目見当がつかなかったのだ。

　これが冬ならば、無難にマフラーや手袋で良かったのかもしれない。けれど今は六月で、この時期に使いそうなものと言えば傘しか思いつかない。しかし、付き合って初めての誕生日に傘をプレゼントするのは、なんとなくムードに欠ける気がして、選択肢から除外した。

「リカちゃんが使ってる財布もキーケースも、ブランド物だし。服とか趣味があるし、靴のサイズもわかんねぇし。それなら欲しいもの聞いた方が早いって気づいた」

　慧が不機嫌だった理由は、何も思いつかない自分への苛立ちだった。本人に直接聞くことは、慧にとって最終手段だったらしい。だから不機嫌に見えて、何度も躊躇ったのだろう。

　まさか別れ話だと思っていたとは言えず、リカはため息と共に煙草に手を伸ばす。テーブルの上に置いてあった灰皿を引き寄せ、慧から少し離れて火を点けた。

「誕生日って、念の為に聞くけど俺の？」

「リカちゃん以外に誰がいるんだよ」

「だよな。この流れで、他のやつって可能性はないか」

　肺の奥まで煙を吸い込み、深く吐き出す。何と切り出せばいいか考えるリカの隣で、年下の恋人が向ける期待に満ちた目が痛かった。

「その、あれだ。プレゼントはもう貰ったからいい」

なんとか甘い雰囲気を作り出せ。脳内から下された命令を、リカの良く回る口が言葉にする。

「俺にとって、慧君が隣にいてくれればそれでいいから。だから、毎日プレゼントを貰っているようなものなんだよ」

煙の上がる煙草を灰皿に置き、息を吐き終えてから顔を寄せる。さすがに煙草を吸っている最中にキスをすることは躊躇われ、唇ではなく頬にそれを落とした。

甘い台詞に愛情を込めた口付け。君がいるだけで十分だと告げれば、喜ばない者はいないだろう。若干卑怯な気もしたが、啄むキスを数回贈ってそれを押し込んだ。

すると、何度目かのキスの後、力任せに顔を押し退けられる。リカは今まで頬を撫でられたことはあっても、それを退けろと押されたことはなかった。初めての経験で呆気にとられるリカに、慧が鋭い視線を向ける。

「そんなので俺がごまかされると思うなよ。今までの女と一緒にしてんじゃねぇ」

「え？」

「お前、そうやってキザなこと言って、甘ったるい雰囲気作っときゃ話流せると思ってんだろ？　悪いけど、俺はお前のそういう女慣れしてるところ、大っ嫌いなんだよ！」

「いや待って。女慣れって……え、慧君？」

「誕生日を隠してたことも気に入らないのに、意味わかんねぇこと言って逃げようとすんな。何が欲しいか早く言えよ、このクソ変態タラシ教師が」

甘い雰囲気は一瞬にして消えた。いや、元からなかったのかもしれない。なぜならば、愛の囁きの返事は、鋭い眼光と生意気な言葉で返ってきたからだ。

それでこそ兎丸慧と思いもするが、少しは絆(ほだ)されてくれてもいいのではないか。リカは額を抑えて俯く。視界の端に吸いかけの煙草を見つけ、とりあえずまた咥えてみる。

けれど感じる隣からの叱責を込めた視線。顔を背けようとも「おい」と話しかけられれば無視はできない。

「何かな、慧君」

「だから、早く欲しい物を言え」

「どうしてだろう。訊ねられているはずなのに、尋問されている気がするのは」

リカが逃げれば慧が追いかけ、また逃げれば捕まえようとした手がネクタイを掴む。ソファの上という限られたスペースでの追いかけっこは早々に決着がつき、端の肘掛けにリカの背中が触れた。逃げられないのをいいことに、慧はリカに馬乗りになる。

愛しい恋人に乗り上げられて、嬉しいはずが喜べない。複雑な感情を抱えながら、なんとか煙草を灰皿に捨てたリカは、じっと慧を見上げる。

「本当に欲しい物なんてないんだって。俺が物欲ないのは慧君だって知っているだろ?」

「なくても言え」

「そんな無茶な……」

「無茶でもいいから言え。とにかく言え」

馬乗りになられネクタイを掴み上げられ、顔を至近距離まで近づけて詰め寄られる。少しでも身を乗り出せばキスができる距離なのに、雰囲気は最悪だった。

「とりあえず落ち着こう。慧君が何をそんなに怒ってるのか、教えてほしい」

誕生日を黙っていたことが原因なら、ちゃんと説明するから。そう諭すリカに慧は舌を打ち、さらに眉間の皺を深めた。

「なにを怒ってるかだと？　そんなの、胸に手を当てて、自分で考えやがれ」

一〇歳という年の差を考えれば、多少のわがままは可愛いと思える。反抗的な態度も、生意気な口調もさして気にならない。けれど、それもある程度だ。

度が過ぎれば、さすがのリカも何かと思うところはある。ましてや本性がドSなのだから、行きすぎた駄々にはお仕置きも辞さない。

「……慧」

「な、なんだよ」

普段、あまり呼び捨てにしないリカからの呼びかけに、ネクタイを握った慧の手が緩む。それと同時に身体も退いてしまい、その隙をついてリカが上半身を起こした。

俊敏な動きで起き上がったリカは、迷うことなく手を伸ばした。当てろと言われた胸に。

どうして、見もせずにその位置を一発で当てたのか。慧はそう考えるよりも、抓られた痛みが勝った。

「ひっ……痛い、痛い痛い!!」

リカが触れたのは自身の胸ではなく、慧の方だった。何を血迷ったか、服の上から乳首を抓り上げられ、慧は逃げるようにリカから飛び降りる。

涙目で見上げる慧に、リカはニヤリと悪い笑みを浮かべる。

「お前が言ったんだろ？　胸に手を当てて考えろって偉そうに」

「だからって、なんで俺の乳首を抓るんだよ?!」

「俺が自分の乳首を抓ってどうする。そんな場所を抓られて悦ぶのは、慧君ぐらいだろ」

当然、慧がリカに口で勝てるはずなどなかった。見事に返り討ちに遭い、じんじんと痛む胸を手で隠す。憎らしげに笑うリカから距離をとり、強い目つきで見据えた。

「なんで誕生日黙ってたんだよ。教えてくれても良かっただろ？」

いくら自分が高校生で、リカから見て子供だったとしても、恋人の誕生日ぐらいは祝いたい。高価なプレゼントは用意できないけれど、慧なりにリカの生まれた日を大切にしたかった。その気持ちを真正面からぶつけると、呆れたような目で見下ろされる。

「そんなことで俺は絡まれたのか？」

「そんなことじゃない！　なんで言ってくれないんだよ！」

「じゃあさ、逆に聞くけど何て言えば良かった?」

泰然とした態度で訊ねられ、慧は考えてみた。けれど、自分から誕生日だとアピールしたことは慧自身もなく、良い言葉が思いつかない。

「今月は俺の誕生日があるから祝えよ……とか?」

口に出してから語尾が疑問形になってしまったことに気づいた。言えと怒ったのは自分なのに、リカに訊ねてどうするんだ、と慧は自責の念で口を押さえる。すると、呆れが最高点に達したリカが深すぎる息を吐く。

「俺は暴君か。自分の誕生日を祝えって強要するほど、偉そうなやつじゃない」

少しは偉そうだという自覚はあったのか。慧はそう思ったが口に出さず、また新たな煙草に手を伸ばしたリカを制する。短時間で吸いすぎだと諌めれば、僅かに寄った眉が、リカが機嫌を悪くしたことを知らせる。それでも、そんな些細な変化に慧が気づけるはずがなかった。

「リカちゃん、お前はもうちょっと俺に気を遣った方がいいと思う。誕生日から二カ月も過ぎて、しかも本人じゃなく、他から聞かされた俺の気持ちを考えろ」

慧の言葉にリカの眉間の皺が増えた。けれど、わがままスイッチが入ってしまった慧は、もう止まれない。誕生日に関係あることから始まり、ないこと——度を越した綺麗好きな性格や、完璧主義すぎるところ——まで、とにかく思いつく限りにリカを責めた。

リカは、傍若無人に見えて意外と温厚だ。特に慧に対しては、甘すぎるほど過保護なところがある。慧の分の炊事洗濯、掃除までリカがこなしているし、勉強も見てやっている。朝早く起きろと言うこともなければ、休みの日は昼まで寝ていても何も言わない。それなのに気遣えと言われる所以は一つ『誕生日を教えなかったこと』である。

たったそれだけのこと。リカにとっては自分の誕生日など、当日になって思い出した程度の話。それをこうも長々と愚痴を零されては、募った疲れも相まって機嫌は下降していく一方だ。

「へぇ。要するにお前は、俺のことを気遣いの一つもできない、駄目な男だって言いたいんだな」

ゆらり、と慧に向けたリカの表情は笑顔だった。底意地の悪い、真っ黒な笑顔でもなく、何か悪だくみをしている顔でもない。イケメンオーラが全開の、完全無欠な笑顔。その笑い方に効果音をつけるとすれば、まさしく『にっこり』が当てはまる。それなのに、慧の中の本能的な何かが危険信号を響かせた。

「リカ、ちゃん?」

「それで。ウサギさんの、ありがたいアドバイスは終わりか? もう気が済んだのか?」

「いや、俺は、その」

「仕事帰りに恋人が来てくれて喜んでいたら、これか。話が終わったなら、俺は仕事をするから帰れ」

荒い手つきでネクタイを外したリカが、立ち上がろうとソファに手をついた。咄嗟に押し留めた慧は、視線を左右に彷徨わせ、なんとか言葉を紡ぐ。

「俺は、リカちゃんにプレゼントを用意したくて」

喧嘩などするつもりはなかった。自分の言い方に問題はあったかもしれないが、慧はリカを怒らせる気はなかった。それを伝えたくて留めたのに、リカはその手を振りほどいて立ち上がる。

「さっきも言ったけれど、プレゼントなんて要らない。そもそも、高校生に何か買って貰おうなんて思うわけがないだろ」

「いや……けど誕生日だし」

「だから関係ないって言ってる」

あまりにも簡単に言い捨てられ、慧の中のちっぽけなプライドがまた顔を出す。駄目だ、駄目だと必死に抑える慧の前で、無情にもリカが追い打ちをかけた。

「そんなくだらないこと考えてないで、学生はおとなしく勉強でもしてろ。お前、数学のテスト平均点以下だっただろ」

リカのこの言葉によって、慧の反抗心に火が点いた。その火は導火線を一気に燃やし、抑えていた爆弾を弾けさせる。

立ち上がっていたリカに慧も続き、大声を張り上げる。

「くだらないって何様だよ！　俺は、リカちゃんの為に言ってんだろ?!」

「だから高校生に金なんか出させるか。必要な物は自分で買う」

「俺だって金ぐらいある！」

「それはお前の親が働いて稼いだ金だろ。威張って言うことじゃない」

確かにその通りだ。けれど、慧にはまだリカに言っていない奥の手がある。拓海からアドバイスを貰い、歩の伝手を使って決めた『初めてのバイト』という奥の手が。

「週末から歩のところでバイトする。その金で買うんだから、威張ってなにが悪い」

「バイト？　そんなの許さない」

「はあ?!」

なぜリカに許してもらわないといけないのだ。今時、バイトぐらい周りはみんなしているし、学校で禁止されていないのだから、許すも許さないもないではないか。

突然の禁止令に驚きと不満を混ぜ合わせた慧が、低く唸る。非難の色をありありと顔に出し、今にも飛びかかる勢いでリカを睨みつけた。

そんな慧に対し、リカは冷静な声で告げる。

「ただでさえ問題を起こすお前が、バイトなんてしてみろ。絶対に面倒なことになる」

リカは、これで話は終わりだとばかりにリビングから出ようとする。頑なに子供扱いするその背中に向け、慧はソファにあったクッションを投げつけた。運良くなのか運悪くなのか、それはリカの後頭部を直撃し、振り返らせることに成功したのだが……。

「まだ何か言い足りないのか？」

訊ねられているはずなのに、その声はとても冷たい。慣れないリカからの絶対零度の視線に、慧はたじろぎかけ、逃げては駄目だと意地でも勇気を振り絞る。

——ちっとも自分の話を聞いてくれない。ちっとも自分の気持ちをわかってくれない。

——いつだって子供扱いで、いつだって全てリカ一人で済ませてしまう。

そんなに自分は頼りなくて、一人では何もできないと思われているのだろうか。そう思うと、抑えていた黒い感情にとどめの一撃がくだされ、慧のプライドは粉々に砕け散った。

「いつまでも子供扱いすんな！　なんでも自分の思い通りになると思うなよ！」

喚き叫ぶ慧を見つめるリカの黒い瞳。そこには一切の感情はなく、淡々と相手を見定める、冷徹とも思える鋭さが潜んでいる。その瞳を一瞬伏せ、瞼を上げたリカが一言。

「勝手にしろ」

その言葉に、慧は持っていた合鍵を投げつけ部屋を飛び出した。横を通りすぎる時に見えた、リカの頬の傷。鍵が掠めてできた切り傷から血が滲んでいる。

その赤い傷跡は、二人の間にできた初めての亀裂を象徴していた。

2

「バカ慧！　それ、また間違ってる」

歩に指摘された慧は、配膳しようとしていた皿を見る。しかし、何が間違っているのかがわからず、首を捻った。

「ここはパセリじゃなくてレモン。お前、同じ間違い三回目なんだけど」

「あ、そっか。悪い」

「いくら短期だとしても、ちゃんと覚えておけよ。これも仕事だろうが」

慧に冷たい一瞥を送った歩は、自分の仕事に戻っていく。そこまで怒らなくても良いとは思うものの、こうして間違う度に歩がフォローしてくれるのだから、素直に頷くしかない。

リカに啖呵を切った慧は、宣言通り歩のバイト先で短期間だけ働かせてもらうことにした。その店は小洒落たダイニングバーで、慧が担当するのはホールでの仕事。言われたテーブルに料理を運んだり、軽い調理補助をするだけだが、バイト自体が初めての慧にはなかなか難しい。

けれど、バイト仲間たちはみんな仲が良いようで、慧の小さなミスを笑って許してくれる。それには、慧が世間一般で言う『イケメン』だからという理由があったのだが、知らないのは本人だけだ。

「兎丸君、それ運び終わったら牛島と一緒に休憩入って」

優しげな店長に声をかけられ、軽く頭を下げて歩が戻ってくるのを待つ。

リカに反対されたバイト。強引に始めてしまったことに多少の罪悪感はあれど、働き始めると意外と悪くない。

今までに接することのなかった大学生や主婦、リカとは違う大人。それは慧にとって新しい刺激をもたらしてくれただけでなく、閉鎖的だった世界を少し拡げてくれた。たとえムッとすることがあっても、短い付き合いだと思えば我慢もできた。

自分の仕事を終えた歩と同じタイミングで休憩に入り、二人で休憩室も兼ねている更衣室へと戻る。備えつけの椅子に腰を下ろした歩は、近くにあった灰皿を手繰り寄せながら口を開いた。

「慧さ、そんな風に頑固になってると可愛くねぇぞ」

「歩に可愛いと思われる方が嫌だ」

「はあ……俺がこう思うってことは、兄貴も俺と同じだろうけどな。育った環境が一緒なんだから、価値観が似ていて当然なんだよ」

歩の一言に、コーラを飲んでいた慧の手が止まる。吐き出した紫煙を輪にして遊んでいた歩が、それを手で振り払って消した。

「ただでさえ兄貴は大人なんだし。お前さ、あいつが誰にも言い寄られてないと思ってんなら、それは間違いだから」

「そんなこと思ってねぇよ」

リカが人気なことは、慧だって痛いほど知っている。向けられる視線の全てが恋愛感情だとは思わないけれど、少なくとも半数……八割は恋慕で間違いないだろう。

暗く落ち込む慧に、歩は攻撃の手を緩めず追い打ちをかける。

「兄貴なら、その気になれば浮気ぐらい簡単にやってのけそうだし。その場合は二股になんのかもな。相手が兄貴を手放さないだろ」

「浮気……二股」

「あれでも高学歴で高収入、中身に問題はあるけど、見た目は最上級。言うこと聞かないバカな高校生より、話のわかる素直で美人の方がいいってなるかもよ」

リカが浮気。あのリカに限って……いや、あのリカだからこそあり得る。人を屈服させることが好きなリカだ。このままでは「面倒だからお前なんか要らない」と言って、あっさり捨てられかねない。

慧は、想像するだけで顔を青くした。考えれば考えるほど、リカが顔も知らない美人と寄り添って歩いて行く姿が頭に浮かぶ。

衝撃を受け、絶句する慧に歩は呆れた。あれほど溺愛され尽くされていて、まだ疑われる兄が不憫で仕方がない。どう考えても、リカが慧を捨てる未来は来ないのに、ここまで本気で落ち込むとは思わなかったからだ。

何かとすぐ反抗するくせに、いざとなったら弱腰で、小さなことで簡単に不安になる。慧がこれでは、リカの苦労が報われる日はまだまだ先だとも思えた。

「慧。まさか今言ったことを信じたのか？　ありえねぇ」

歩の声も、解けた氷の音も慧には何一つ聞こえない。ただ、自分のしてしまったこと、言ってしまったことを後悔するしかなかった。


ただでさえミスが多い上に、心ここにあらずの状態ではまともに働けない。慧は何度目かもわからないため息を吐き、手の空いた隙を見計らって人気のない場所に隠れた。そこはトイレへと繋がる通路で、ホールからは死角になっている。

壁に凭れて、また深く息を吐く。頭の中では浮気と二股の単語がぐるぐると回り、手を取って踊り出しそうなほどだ。

時刻は二〇時を過ぎたところ。そろそろリカも仕事にひと段落をつけ、家に帰ってきているだろう。それとも、自分がいないのを良いことに、遊びに出かけているかもしれない。

あの顔で夜の街を歩いたら、すぐに女が釣れるだろう。慧はそう思った。まるで狼の群れの中に餌を持った羊を放った気分だ。

実際のところはリカ自身が肉食獣の立場なのだけれど、女性に対して偏見のある慧からすれば、被害を受けるのはリカだ。考えるだけで食べた賄いが逆流してきそうな、そんな錯覚に陥る。

「いやまさか……な。さすがにリカちゃんでも、それはないだろう」

自分に言い聞かせてみても、不安は消えない。いっそのこと謝ってしまえば楽になるのに、最後の最後で踏ん切りがつかず躊躇ってしまう。

「とりあえず、戻らないと」

こんな自分でも、いないよりはマシだとホールに戻ろうとした。その直後、ずっと使用中になっていたトイレの奥からガタッという音が聞こえ、それを追って唸るような声がした。

「あの。大丈夫、ですか?」

酔っぱらった客が転んだのだろうか。数回ノックをして声をかけると、向こうから「大丈夫です」と返ってくる。その声は途切れ途切れでか細く、大丈夫だとは思えない。

「大丈夫じゃないですよね? あれだったら、お連れ様呼んできますけど」

「あっ、いやそれは……それだけは困る、というか」

引き留められたかと思うと、今度は鍵の解錠音がする。ゆっくりと開いた先にいたのは、眼鏡をかけた男だったのだが……。

「その顔!」

慧が驚くのも無理はない。トイレから出てきた男は血の気が引いていて、土のような真っ白な顔をしていた。

「えっ、あっ、どうしたら」

バイト初心者の慧に、こういった不測の事態で上手く立ち回れというのも無理な話だ。誰か助けを呼ぶべきか、それとも、ここまで体調が悪そうだと救急車が必要なのかもしれない。焦ってパニックを起こしかける慧を、男は大丈夫だと宥めた。

「ちょっと飲みすぎて。すみません。少し休めば楽になると思うので、お仕事に戻ってください」

そうは言われても「はいそうですか」と放置はできない。男に待っているよう告げた慧は、急いでホールに戻り店長に一連のことを話した。今日はさほど忙しくないから介抱してやってくれと頼まれ、コップに入った水を受け取ってトイレへと戻る。

「とりあえず水飲んで、歩けるようになったら席まで送ります。帰るならタクシーも呼んでもらえるそうですよ」

「ありがとうございます。いただきます」

泥酔しているかと思いきや、男は問題なく水を飲み干す。聞けばどうやら酒に耐性がないそうで、少しでも飲むと気持ち悪くなってしまうらしい。

「わかってるなら飲まなきゃいいのに」

「はは、確かに。でもみんな実習前で景気づけにって言っていたし、場の雰囲気もあるから」

「ふうん。なんか、大人って面倒ですね」

二人並んで壁に凭れての会話。少しだけ打ち解けた感じがするのは、男の風貌が人畜無害だからだったかもしれない。

今時にしては珍しく、手の加えられていない黒髪。誰かさんの漆黒の髪は艶めいて見えるのに、この男のものからは特に何の印象も受けない。それは顔つきも同じで、特段整っているわけでもなく、だからと言って不細工でもない。

まさに『平凡』を絵に描いたようだと思う。クラスに一人はいる、記憶にも記録にも残らないタイプだ。

「まだ大学生だから大人じゃないんだけど……あ、でも二〇歳は超えているから、大人になるのかな」

どうでもいいことを真剣に考え込む様子に、思わず慧は吹き出した。自分の周りにはいないタイプの人間、人見知りな慧が気を許しても無理はないだろう。

「ははっ、そんなこと真面目に考えなくても……はっ、面白い人」

「え？　面白い？　初めて言われた」

「でしょうね。俺の周り、個性が大渋滞してるんで」

俺様で完璧主義な恋人に、バカ丸出しの友人その一。それから、恋人の弟で横暴な友人その二。それに比べれば、この男の平凡さが慧には新鮮だった。

当たり障りのない会話をしながら、男の回復を待つ。ゆっくりとコップの水を飲み終えた時には、その顔色はかなり回復したように見えた。これ以上飲まないように注意し、男を連れて戻った席は、まさに地獄絵図だった。

　テーブルの上には大量の料理と酒、それから灰皿から溢れる煙草の吸殻。ここにリカがいたなら、引き攣った顔をしていたに違いない。ずぼらな慧でさえ、汚いと思ってしまう状態だ。

「あ、狐坂くんが戻ってきたー」

　奥の方に座っていた一人が、慧の隣に立つ男を指さす。名前を聞く必要もなかったのだが、この男は狐坂というらしい。

「狐坂もう帰ったかと思って、二次会の予約お前抜きでしちゃった」

「ごめんねー」

　次々と出てくる台詞は、それはないだろうと言いたくなるものばかりだ。自分たちが無理に飲ませたのに心配もせず、仲間外れにする神経が理解できない。それなのに狐坂は笑って、自分が謝る。

「いや、何も言わずに席を外した僕が悪いから。気にせず、みんなで楽しんできて」

　自分のことではないのに無性に苛々して、でも言い返すのは変だから拳を握る。そんな慧の様子に気づいた狐坂が、小さく頷いた。

　わかってる、のサインだろう。慧は、握った拳を背後に隠し、軽く頭を下げて場を後にした。まだ狐坂のことを揶揄する声が聞こえるけれど、もう関係ない。たかが軽く世間話をした相手を庇ってやるほど、良心的でもない。

　自分自身のことで手一杯なのだから、余計なことにまで首を突っ込みたくない。けれど狐坂が帰る時にさりげなく見送る辺り、少しは気にしていたのも事実だ。

＊　＊　＊

　リカのいない土日を自堕落に過ごし、迎えた週明け。向こうからアクションを起こすだろうと高を括っていた慧は、落胆を隠せずに登校した。自他共に認める慧バカのリカが、連絡一つ寄越さない。これは、とうとう浮気の線が本格的に浮上してきた予感だ。

「マジか……あいつ、覚えてろよ」

　もし本当にリカが浮気をしていたとして、自分は別れるという選択肢を選べるだろうか。慧は自問してみるが、答えはでない。

　依存している自覚はある。全て頼りっきりの今、リカがいなくなったら生活できない気がする。だとしても、浮気を容認するのは嫌だ。

　八方塞がりのジレンマに、ここ数日ですっかり癖づいたため息が零れる。教室についてからもそれは切り替えることができなくて、机に突っ伏してしまった。周囲はがやがやと煩いのに、自分の周りだけは時間が止まった感覚だった。

「慧、今日はそのまま体育館で全校集会――って、お前どうした?・」

歩を引き連れて慧を誘った拓海が、不思議そうに瞬く。その後ろでは、全ての事情を知っている歩が嫌そうに顔を顰めていた。

「拓海、放っておけ。くだらない痴話げんかだから」

「え? 歩は知ってんの?・」

「知りたくないのに聞かされた。巻き込まれたくなかったら、何も聞かない方が身のためだと思う」

舌を打った歩にシャツの後襟を引っ張られ、強引に立たされる。慧は恨めしげに見据えたが、どこ吹く風の歩には一切相手にされず、引きずられるように体育館まで連れてこられた。

前方には同僚の教師と和やかに会話しているリカの姿があり、慧は自分との違いを見せつけられて不本意ながらも切なさを覚える。こちらはこんなにも気にしているのに、リカは普段と全く変わらないのだ。

「リカちゃん……本当に浮気してんのかな」

慧がいてもいなくても、リカの生活は変わらない。自分は今朝、寝坊して寝ぐせがついたままなのに、リカは通常通りの『完璧なリカちゃん先生』でいる。

虚しいのだろうか。それとも悔しいのだろうか。どちらにせよ、負の感情であることには変わりなく、慧はリカを視界に入れないよう下を向いた。女々しい自分が嫌で、強く瞼を瞑って必死に邪念を追い払おうとする。そうしている内に気づけば眠ってしまっていたらしい。

「慧、慧ってば！　お前、立ったまま眠るなんて器用すぎ」

後ろから何度も拓海に小突かれ、ハッと意識を取り戻す。感覚的には数秒しか経っていないはずが、周りはみんな教室に戻る為の移動を始めているではないか。

「え？　終わった？」

「全部終わった。せっかく教育実習生の紹介があったのに、慧ってば爆睡してんだもん」

「教育実習生……？」

「うちのクラスに来るらしいよ。もちろん男だけど。つまんない」

男子校だから当たり前なのに、口を尖らせて不服そうな拓海を慧は見やる。立ったまま眠るほど気を揉んでいたつもりはないのに、身体は正直だ。

「とにかく教室に戻ろう。詳しい紹介は、戻ってからだって言ってたから」

「ああ。うん、わかった」

「今度は寝るなよ。リカちゃん先生、すっげぇ怖い顔して慧のこと見てたんだからな」

慧の胸が激しく跳ねた。その理由は、怖い顔をしていたということではなく、リカが自分を見ていたと聞いたから。必死で見ないようにしていた自分とは真逆に、リカはこちらを見ていた。それは教師として、だからかもしれない。でも、期待もしてしまう。

こうして、簡単にリカの一挙一動に振り回される。考えないようにしても無駄で、見ないように瞼を閉じると頭に浮かぶ。出口のない迷路のような状態に、慧の胃はきりきりと痛んだ。

＊＊＊

「これから二週間、教育実習生として来てくださることになった、狐坂先生だ。担当科目は数学、うちのクラスにつくから迷惑かけないように」

教卓に手をついたリカが、教室中に聞こえる声で言い放つ。その後ろには紹介された狐坂が立っていて、慧は驚きで固まった。

リカの紹介に殆どの生徒が無言で頷く中、一人だけ声を出して返事をする。

「はい！」

それは誰でもなく、紹介された当人の狐坂だった。

「いや、狐坂先生に言ったわけじゃないから」

「あ、はい。すみません、つい……」

つい返事をしてしまった狐坂が、恥ずかしそうに俯く。それを見て教室内から笑い声が上がる。

「そうだな、折角だし名前と顔を覚える為に今日から狐坂先生が点呼して」

狐坂を振り返ったリカが、出席簿を手渡す。咄嗟に後ずさった狐坂が黒板にぶつかり、そこからチョークがばらばらと零れた。折れて転がるそれを拾ったリカは、肩を竦(すく)める。

「ただ名前を呼ぶだけだから、大丈夫だって」

「いや、でも……！」

「早く慣れるには実践を積んだ方がいい。大丈夫、何かあればフォローするから」

リカは優しく宥めながらも、内心で「たかが点呼をとるぐらい平気だろうが」と毒づく。緊張とは無縁のリカにとって、狐坂の反応は理解不能だった。

幾度となく躊躇い、咳払いを数回してから始まった狐坂の初点呼。けれど、その声はあまりにも小さすぎてよく聞こえない。

「う、牛島君。あれ……牛島歩君？」

呼ばれた生徒は今も夢の中にいた。リカと狐坂が入ってきた時から寝ていた歩は、起きる素振りすら見せず、惰眠を貪っている。リカは無言で歩みを進め、その真隣で足を止めた。長身を綺麗に折り、黒髪の間から覗く歩の耳に、そっと息を吹きかける。

「んっ……ん？」

「おはよう牛島。よく眠れたか？」

寝起きも普段も変わらない、やる気の全く感じられない瞳。歩のそれは、リカを映した途端に嫌そうに歪んでいく。起こされ方もさることながら、起こした相手がリカだということが気に入らないのだろう。

「なんだよ」

「なんだよ、じゃなくて今は楽しいホームルームの最中。お昼寝の時間にはちょっと早いよ、歩君」

揶揄されて鋭くなる歩の目つき。それに向かってリカが微笑み返せば、黙って視線をそらす。兄に逆らえない弟の性が、悲しくも発揮されてしまった。

「狐坂先生、これが牛島。今度また寝ていたら、叩いて起こしてやって」

「叩く⁈　そんなの体罰じゃ」

「牛島はそれ覚悟で寝てるから平気。さぁ、次にいかないと、授業が始まっちゃうよ」

理想の教師の仮面を纏うリカを見て、歩が隠した手の内で笑う。雰囲気でそれを察知したリカは、手を伸ばして勢いよく指を弾いた。リカの長い指先が、軽快な音を奏でて歩の額に確かな痛みをもたらす。

「痛っ！」

弾かれた額を押さえ、机に突っ伏す歩に気づいた狐坂が首を捻って静止した。

「コンタクトがずれたらしい。狐坂先生は気にせず続けて」

リカの嘘を全く疑わず、まんまと騙された狐坂が点呼を続ける。声の大きさは相変わらず微弱だが、次第に慣れてきたのか淀みは減った。

名簿順に進んでいた点呼が、一人の生徒で止まる。それは、出席番号一八番の兎丸慧の時だ。

慧を見つめる狐坂は驚いたように瞠目し、ぱちぱち、と瞬きを繰り返す。慧も気まずそうな顔をしながら、手で口元を隠した。

「とまる、君。兎丸慧……君？」

「――はい」

「兎丸君？」

「だから、はいって応えたんだけど」

あからさま過ぎる反応をやめてくれ、慧は心の中で狐坂に頼んだ。されど言葉にできない訴えは届くはずもなく、狐坂は口を開けたまま続きを進めようとしない。

痛い。何が痛いかというと、ひしひしと突き刺さる視線が、だ。教室にいる生徒からのそれも感じるが、何よりも鋭く注がれるのは唇に微笑みを浮かべながらも、全く目が笑っていないリカからのものだった。

マネキンに着せてあった物をそのまま買ってきたのか、全く着崩されていないリクルートスーツ。締めているネクタイも、どこにでも売っていそうな地味目の色合いの物で、狐坂がリカの隣に立つと、その平凡さがより伝わってくる。

そう、教育実習生は『平凡』だった。数日前にバイト先で会った男のような……ではなく、同一人物だった。

これがドラマや映画だったならば、運命の再会と呼べたかもしれない。けれど実際はそんな甘酸っぱいものではなく、居心地の悪さばかりが目立つ。

リカの咳払いを受けた狐坂が点呼を再開するも、慧の意識はそこにはなかった。ただただ向けられる、非難に満ちたリカの瞳。それが気になって仕方がない。

狐坂とリカが出て行くまで、慧は呼吸すら止める勢いで縮こまった。これでは仲直りはもっと遠くなってしまったではないか。慧は乾いた笑いを零し、それすらリカに見られた気がして生きた心地がしなかった。

＊　＊　＊

一時間目、二時間目と順調に授業が終わり、三時間目がやってきた。教科は数学。ということは、担当は実習生の狐坂だ。しかし教卓に立った狐坂の顔は真っ青で、教科書を握る手が常に震えている。全く始まらない授業に、口を開いたのは教室の後ろで見守っていたリカだった。

「狐坂先生。とりあえず、自己紹介でもしてみるのはどうかな?」

「じっ、自己紹介ですか?」

「先生もみんなも、お互いにある程度知っておいた方がいいと思うんだけど」

張りつけたリカの笑顔。その裏にあるのは「いいから早くやれよ」という無言の圧力だった。

もごもごと口を動かした狐坂が、俯き加減で声を絞り出す。

「名前は狐坂尊(みこと)で……年齢は、えっと……今年で二一歳になります。それで、あの」

狐坂は、口籠る度にリカを見る。その都度、リカの細い眉が微かに動くのを慧は見逃さなかった。リカは狐坂のようなタイプは嫌いだ、慧は直感した。

しかしながら、そんなことなど露も知らない狐坂は、助けを求めるようにリカから視線を外さない。もし狐坂が実習生でなければ、冷たい嘲笑と棘のある言葉を浴びせられていただろう。

「まあ……いきなり自分のことを話せっていうのも難しいか。ここからは質問タイムってことで、狐坂先生に質問があるやつはいるか？」

リカが問いかけるも、誰も手を挙げない。なぜならば狐坂があまりにも緊張しすぎていて、気の毒だったから。普段なら調子に乗り先陣を切って騒ぐ生徒も、気を遣っているのか黙ったまま。そんな中、慧はため息と共に、静かに手を挙げた。

「ウ、兎丸？」

リカが驚き、ウサギと呼ぼうとした。咄嗟に言い直したものの、語尾が上がってしまう。

慧が自分から何かを発することは滅多にない。だから、リカ以外に歩や拓海も不審に眉を顰める。

「狐坂先生に質問なんだけど」

「はっ、はい！」

身を正した狐坂が、ほんの僅か安堵の息を吐く。自分を助けてくれたことのある慧に対し、狐坂の警戒心は薄い。

「狐坂先生は、なんで数学の先生になりたいんですか?」

慧が訊ねたのは、無難すぎる内容だった。正直に言ってしまえば、慧は狐坂が教師を目指す理由に興味などない。けれど誰も手を挙げない状況に、挙げざるを得なかった。

そんな慧の心情を知ってか、リカの醸し出していた雰囲気が和らぐ。

「狐坂先生、兎丸に返事は?」

先ほどよりも穏やかな声でリカが促すと、狐坂は慧を真っすぐに見て答える。

「数学が好きだからです」

全く捻りのない答え。ちっとも話を膨らませる気のない狐坂に、本人以外は呆れ笑いを浮かべるが、その返答は続いた。

「僕が数学を好きな理由は、そこに答えがあるからです。中には、明確な答えのない問題もあるんですけど、それは少数でほとんど答えが出るようになっていて……こんな優柔不断な僕でも、最後まで頑張れば必ずゴールが見える。だから、僕は数学が一番好きなんです」

実習が始まって数時間。初めて狐坂は自然と笑えた。それが兎丸慧だけに向けたものだったのは少々問題があるが、甘めにみて及第点ぐらいは与えてやってもいいかもしれない。

恋人としての立場で言えば、面白くはない。されど、今の自分は実習生を指導する立場である。

リカは、控えめな拍手で狐坂の返答を褒めた。

「俺も英語と同じぐらい数学が好きだった。理由は狐坂先生と少し違うけれど、数学の問題を解くのは面白いよな」

「獅子原先生もですか？　それは光栄です！」

リカが数学を好きな理由は、狐坂と違い捻くれたものだ。しかし共通点を見つけた狐坂は、嬉しそうに頬を緩める。程よく緊張が解れたところで開始された授業は、お世辞にも上出来とは言えなかった。けれど狐坂の真摯な態度は伝わってきて、滞りなく終了した。

3

慧がバイトを始めて一週間、狐坂が実習生としてやってきて五日目の金曜日。まだ慧とリカの喧嘩は続いていた。仲直りしようにも、慧は短期で稼ぐ為にシフトを詰めていて、リカの方も連日の残業が続いて時間がとれない。ここ数日、リカの帰宅時間は二一時を軽く超え、そこから持ち帰った仕事をして眠る日々だった。

バイトを終えて家に帰り、リカの元へ行こうとしたこともある。けれど、毎回のように二の足を踏んでしまう。

学校で見せる『獅子原先生』の顔は、疲れなんて知らない爽やかな笑顔ばかり。それでも、その裏に疲労の色が滲んでいるのを慧は気づいていた。それは、ふとした時に伏せられた瞼や、香水の香りではごまかしきれない煙草の煙の匂い。あとは少しやつれたようにも見える。

いつも自分のことを後回しにするリカは、睡眠どころか食事すらままならないのではないか。そんな時に自分が部屋に行けば、余計に疲れさせるのではないか。そんなことを考えて、電話はおろかメッセージすら送れずにいる。

明日も土曜日で学校は休みだというのに、きっとリカは仕事をするのだろう。こうしてバイト中に考えるのはリカのことばかりで、喧嘩した日を悔やんでも悔やみきれない。今なら少しは素直になれる気がするのに、そのチャンスすら与えられないのだ。

「今日も無理……だろうな」

時計を見ると、シフトの上がり時間まで残り一時間をきっている。慧は、バイトを終えてリカの家に行くか、行かないかで悩んだ。行きたい気持ちと、行かない方がいいのではないかという遠慮が交戦する。そして、やはり勝者は『行かない方がいい』に決まってしまう。

「兎丸君、兎丸君！」

不意に名前を呼ばれた慧は、彷徨（さまよ）わせていた意識を取り戻す。洗い終えた箸を拭きながら、思いの外、考え込んでしまっていたらしい。声のした方を見ると、心配そうな顔をした店長が立っていた。

「体調でも悪い？　心ここにあらず、といった感じに見えるけど」

「いえ、大丈夫です。すみません」

「本当に？　それなら、これを五番テーブルにお願い」

慧は渡されたビールジョッキを受け取り、指示された五番テーブルへとそれを運ぶ。キッチンへ戻る途中にほろ酔いのサラリーマンに絡まれ、手こずりつつも逃げた慧の耳が、聞き慣れた声を拾った。

「もう、リカってば遅いんだから！」

聞こえた口調は女性のようなそれだが、声質が違う。成人男性らしく、程よい低さの声音が知人のオカマ弁護士にそっくりだった。慧の想像する人物で間違いないのならば、その台詞の中に出た『リカ』は、どう考えても彼しかいない。

黒髪に黒い瞳、黒いスーツで黒づくめの――恋人。慧は、自分の鼓動が瞬時にして早くなるのを感じた。そして、その予想の答えはすぐさま返ってくる。

「豊。桃が鬱陶しいんだけど、どうにかして」

「俺に言うな」

気鬱さを隠しもしない声は、リカのもので間違いなかった。最初に聞こえたのが大熊桃太郎で、その次がリカ。それならば、最後の一層低い声は美馬豊のものだろう。慧は目を見開き、その場で固まる。会いたいと切望していた相手が、すぐ近くにいる。それだけで、鼓動がまたスピードを上げた。

通路の邪魔にならないよう壁際に身を寄せ、そっと聞き耳を立てる。薄い壁で仕切られた個室の、どの部屋にいるかはわからないが、声だけでも聞きたい一心だった。

「まさか獅子原が来てくれるとは思わなかった！」

次に聞こえてきたのは知らない男の声。桃と美馬以外の誰かとリカが一緒にいることに、慧は違和感を覚える。リカと付き合い始めて数カ月が経つが、その二人以外の話題を聞いたことがないからだ。

知らない男に同調するかのように桃が騒ぎ、美馬がそれを収めようとする。そこに紛れて聞こえてくるリカの声は、学校や家とも違う、砕けた様子を感じさせる。対等の相手に向ける『親しみ』がこもっていた。

「獅子原と会うのって、高校の卒業式以来か。付き合いの悪さは知っていたけど、同窓会にすら顔を出してないよな？」

「仕事が忙しくて、それどころじゃないんだよ」

「確か高校教師だよな？　それって女子高？」

「いや、男子校。俺の話は別にいいだろ、今日はお前の結婚祝いなんだから」

上手くいなしたリカの台詞の後に、乾杯の言葉とグラスを合わせる音が聞こえる。どうやら個室の中には四人しかいないらしく、慧の知らない男の結婚祝いで集まったようだ。

リカたちの部屋から聞こえてくるのは、それぞれの思い出話と近況を尋ねる声。そこには自分の知らないリカがいる気がして、新鮮だった。

「獅子原といえばさ、思い出すのはあれ。教頭の鬘を奪ったのは伝説だよな！」

久しぶりの再会に酒が合わされば、おのずと話は弾む。男だけでなく桃やリカ、あの無口で堅物な美馬ですら楽しげに笑い声を立てている。いつもは『大人』の立場にいるリカが、こうして同世代の仲間内にいるのは珍しい。もっと聞きたいと思った慧は、仕事中だというのも忘れて、それに夢中になった。

「あれは伝説よね。取り上げた本人のくせに、いけしゃあしゃあと鬘が落ちてますよって言ったんだから」

「それよりも担任の鞄に……ってそれは桃だったか？　お前もリカも、人を揶揄うことが好きなのは昔から変わらないな」

「あら。そう言う豊だって、知っていて知らないふりしたんだから同罪よ」

昔から曲者だったことが窺えるリカの過去。高校の制服に身を包み、今より少し幼いリカを慧は想像する。その隣に自分がいないことを悔しく思っていると、不意に笑い声が止んだ。

「星一と獅子原が揃えば無敵だったよな。あんな事故さえなきゃ、ここに星一もいたはずなのに」

男の言葉に、しんみりとした空気が部屋を包んだ。一気に静寂がやってきて、慧は唇を噛む。扉の向こうで、リカは何を考えているのだろうか。星一の事故が、自分の所為だと長い間ずっと苦しんできたリカは、辛くないのだろうか。

慧は、リカの心情を案じて目を伏せた。少しの痛みを持った胸元を握りしめる。

「星一には、本当に感謝してる。星一がいなかったら、今の俺はないから」

慧の心配をよそに、リカは落ち着いて星一のことを語る。けれど、その声には星一への強い想いが込められていて、慧の胸は一層痛みを増した。立ち直ったリカへの安堵と、どこまでいっても入り込めないリカと星一の関係に対する嫉妬。くだらないと思いながらも、それは消えない。

「今のリカは、幸せの絶頂だものね。あたしも豊も、話を聞くだけでお腹いっぱいだわ」

「桃の言う通り、会うたびに惚気られて迷惑なぐらいだ」

こういった場にあまり出ないからだろうか。主役である男よりも、リカの話題ばかりが行き交う。聞き耳を立てれば立てるほど、自分の知らないリカの一面ばかりが見えて、慧の心は浮き沈みを繰り返した。まさか自分が話題に上っているとも気づかず、ぶんぶんと振り回される感情。それを止めたのは、やはりリカだった。

「うるさい。幸せなんだから惚気ぐらい言わせろ」

ぶっきらぼうながらも、温かみの含まれた返事。リカのそれに、誰かが冷やかしの口笛を吹く。

「難攻不落の獅子原もついに落ちたか。何？　それだけ幸せなら、結婚とか考えてんの？」

「あー……結婚か。こういう話になると、必ず誰か言い出すよな」

「それは仕方ねぇよ。俺らもいい年なんだし」

まだ学生の慧には関係がないようで、けれどリカの恋人としては関係ある言葉。それが『結婚』だった。男同士でお付き合いをする先に、それは訪れることのないゴール。

それでもリカは立派な成人男性で、いつ結婚してもおかしくない年齢でもある。恋人がいることを仄めかせば、聞かれて当然の質問だろう。

ガヤガヤと話し声のする店内。どこかで誰かの笑い声が聞こえ、決して静かとは言えない空間。それなのに、慧の耳はリカの言葉を逃しはしない。子供騙しの冗談などではない、リカの本心が聞けるかもしれない。感じていた嫉妬心は身を潜め、期待と不安でリカの返答を待つ。

「結婚とか、そういう形にこだわりはない。少なくとも俺は、だけどね」

「獅子原。お前はそうでも、向こうは違うんじゃないか？　俺もまだ結婚なんてする気なかったけど、押され負けたって言うか……うちの彼女は、こっちの都合も考えずに、求めすぎなんだよ」

求めすぎ。それは、まさしく自分のことだと慧は思う。もっともっと欲しくて、一つが手に入ったら次が欲しくなる。リカを知りたい、リカに自分を知ってほしい。その欲求は際限を知らないかのように、日ごと膨らんでいくのだ。

こうして自分の気持ちをコントロールできず、相手にぶつけて解消してしまう。些細なことですれ違い、全てが上手くいかなくなってしまう。そんな恋人たちは多いのだろう。

そうはなりたくないと思うのに抑えがきかない。我慢も譲歩もできない自分を子供だと痛感しながらも、リカに子供扱いされると憤りを覚える。

いつかリカに呆れられ、見限られるのではないか。それは一年後、もしかしたら明日かもしれない。今この瞬間の可能性だってある。

リカの答えを聞くことが怖くなった慧は、壁から身体を起こした。今の自分の状態では、現実を受け入れる自信がなかったからだ。そんな慧を追いかけるように、予想外の返答がリカの口から出る。

「逆に、俺はもっと求めてほしい。あの子のわがままを叶えてやれた時、生きていて良かったって実感できるから」

他の誰にも言えないことを、自分だけには言ってほしい。求められることはリカにとって、一種の快感のようなもの。それが困難であればあるほど、何としてでも叶えたいと活力が湧く。

慧限定で、リカは盲目的に健気だ。自分の利益を顧みないのではなく、慧を喜ばせることがリカにとっては最大の幸福だった。

大げさでも、格好つけたわけでもない本音。それを告げたリカに桃は呆れ、美馬は聞き飽きたとばかりに酒を仰ぐ。

泣いてしまいそうになった慧は、急いでその場を後にした。タイミングがないなんて言い訳をしていた自分に喝を入れ、今日こそ謝ろうと心に決めて。

ただでさえ忙しいリカが、高校の卒業式以来会っていない男の結婚祝いをしようと思ったのはなぜか。それを考える余裕はなかった。

「慧、遅かったけど大丈夫か?」

ホールへと戻ると、心配そうな歩が慧を迎えた。リカ達がいることを教えれば、すぐさま呆れ顔になり「心配して損した」と散々文句を言われてしまったけれど。

「兎丸君、悪いけど三番テーブルお願いできる?」

キッチンの補助に入った歩と別れ、雑用をしているとまた店長から声がかかる。聞けば、三番テーブルの客はかなり酔っていて女の子には行かせられないらしい。それならば、と慧は快く承諾する。

「わかりました」

「何か言われても、流してくれたらいいからね。相手はしないように」

「大丈夫ですよ。俺だって男なんだから」

慧は華奢ではあるけれど、れっきとした男だ。男の自分に絡んでも、何も楽しくないだろう。

そんな気持ちで向かった……のが間違いだった。

「今時の高校生は男の子も可愛いねぇ。ほらほら、こっちに来ておじさんとお話しよう」

酒臭い息と脂ぎった顔が至近距離にやってくる。自身の腕を掴んで鼻の下を伸ばす男に向かい、慧は顔を歪ませた。これは客、これは客……そう思いはするものの、もうすぐでバイトが終わるという時間に、最悪の状況を引き当ててしまったらしい。

逃さないとばかりに、酔っぱらいながらも力任せに男は慧を傍へ引き寄せる。

「ねぇ、君も一緒に飲もうよ。優しいおじさんが奢ってあげるからさ」

「……っ、仕事中ですので結構です」

「そうは言わずに、ね？」

何が「ね？」だ。慧は心の中で毒づく。未だかつて、自分がおとなしく我慢できたことなどあったろうか。いや、ない。

一度ならまだしも、何度も断り、その度に赤らんだ顔を寄せられれば、慧の少ない我慢ゲージはすぐにてっぺんを迎える。

「離せっ！」

酔っ払いの腕を振りほどこうと、力いっぱいその身体を押した。手のひらに触れる湿った感触は、男が零した酒か、それとも汗か。どちらにせよ、不快感しか与えない。

「君、顔は可愛いのにお口が悪いなぁ。そんなイケナイ子には、お仕置きが必要だねぇ」

間延びした言葉が慧の神経を逆撫でする。同じ『お仕置き』という単語なのに、言う相手が違うと、こうも感じ方が変わるのか。無意識にリカと酔っ払いを比べていると、距離を見誤った男の手が、ビールのグラスを倒した。

零れた黄金色の液体がテーブルの表面を辿り、慧の元まで勢いよく流れてくる。その様がまるでスローモーションに見えて、反応が遅れた。身を退かなきゃ、と思うのに身体が言うことを聞かなかった。

腕を掴んでいた男の手が離れていく。間近まで迫っていた、零れたビールが遠くなる。

どうして、と考えるよりも早く、慧は甘い匂いに包まれた。

「騒がしいと思ったら、やっぱり。本当、慧君はよく問題を起こすね」

それは慧の真後ろに立っている。細いわりにがっしりとした腕を慧の腰に回し、整った顔にこれでもかと黒い笑みを浮かべた何様俺様リカ様。紡いだ言葉の穏やかさとは対照的に、漂わせる雰囲気は恐ろしく冷たい。零れたビールが、今にも凍りつきそうなほどだ。

「駄目だなあ……未成年に酒なんか勧めちゃ」

柔らかな口調で言ったリカは、慧に触れていた男の手を見つめた。その目が鋭く細まり、流し目で視線を男へと向ける。

「汚い手で触ってんじゃねぇよ。潰すぞ」

困惑する男に一瞥を投げたリカが慧を放す。さっきまで腰に回されていた腕はビールで汚れ、白いシャツが黄色く染まっていた。慧が受けるはずだったそれを、リカが庇ったからだ。

汚れた自身の腕よりも、慧に怪我がないかの確認を優先し、無事だとわかると反対の手で頭を撫でる。その行動が更に相手を怒らせるのだけれど、そんなことをリカが気にするわけがない。

自分よりも遙かに若いリカに凄まれ、不覚にも怯んでしまった男が、唾を飛ばす勢いでリカへと食ってかかる。

「お前！　目上を相手に失礼が過ぎると思わないのか?!」

男は元々赤らんでいた顔を怒りと羞恥でさらに燃やし、鼻息荒く怒鳴る。一方のリカは、もう用はないとばかりに立ち去ろうとしていて、リカと男の温度差を慧はひしひしと感じた。

「目上？　誰が？」

相手が激昂していても、リカの様子は変わらない。普通は怒鳴られたら少しぐらい尻込むところを、リカは動揺するどころか極めて冷静に振る舞う。

「明らかに未成年の従業員に対し、無理に酒を勧める出来損ないが目上？　笑わせるな」

「出来……損ない……」

「おい、この常識知らずに法律の厳しさを教えてやれよ。お前の得意分野だろ？」

斜め後ろを振り返り、リカは誰かに話しかける。すると、少し離れた場所に立っていた桃が、足取り軽く歩み寄ってきた。慧に向かって満面の笑みで手を振るその姿は、ぎすぎすしたこの状況と正反対だ。

リカと慧の傍まで来た桃が、ふんぞり返って人差し指を立てる。

「未成年者飲酒禁止法。未成年だと知りつつ飲酒を勧める、または黙認する行為を行った場合、罰金五〇万円以下の罪に処す。良い大人のすることじゃないわね」

ふふっ、と笑った謎のオカマと、まだ冷めきった表情を崩さないリカ。二人から同時に見下され、男は赤かった顔を一転して土色に変えた。

「な……な、何を言って」

言い返す言葉すら見つからない男を、リカは薄ら笑いを浮かべて追い込む。一番の当事者である慧が「やめてやってくれ」と言いそうになるほど、その顔は凶悪そのものだ。

「お仕置き、されるのは誰だろうな」

リカの言葉に、男の顔が引き攣る。自分の父親とさほど年齢の変わらない男を、言葉だけでねじ伏せてしまうリカは悪の化身か、残忍で無慈悲な帝王か。とにかく、逆らってはいけないことだけはわかる。

久方ぶりに見たリカのドSっぷり。ビールの被害を受けなかったテーブルの表面を、指で叩いたリカが、蔑んだ瞳のままで男に陳ずる。

「何か言うことは？」

「す、すみませんでした」

男が謝罪を述べても俺様リカ様は容赦しない。自分自身に対しての無礼には寛大でも、それが慧に向けられたものならば話は別。獅子原理佳の怒りは、海よりも深く山よりも高く、そして相手が泣いても終わりを知らないのだ。

「すみませんって、それは何に対して？」

謝っている相手に追撃をかける性格の悪さ。この場にいる全員が思ったに違いない。歯向かう相手を間違えた、と。

「ご迷惑おかけしてすみません！　もうしません。今後一切、絶対に姿を見せません。だからどうか許して下さい……」

プライドを投げ捨て、器用にも椅子の上で土下座をする男に、リカは「わかればいいんだよ」と尊大に笑う。年上の土下座を、平然と見下ろす神経の図太さ。見知らぬ酔っ払いにもドSは遺憾なく発揮される。

とんでもない男と喧嘩している。慧は、早く謝ろうと改めて決意した。

「お前、帰ったらすぐ兄貴に謝れよ」

バイトを終えた慧が更衣室で着替えていると、一足早く上がっていた歩が待ち構えていたかのように切り出した。何の脈略もなく言われた一言に、慧は首を傾げる。

「謝るかどうかは俺の勝手だろ。歩に関係あるか？」

「ある。あり過ぎるぐらいだ」

「なにそれ。意味わかんないんだけど」

更衣室を出ようと歩の隣を通りすぎた時、ドアノブに触れた慧の腕を歩が掴んだ。それは緩慢な動きだったにもかかわらず、とても力強い。

「なんだよ、急に」

慧が横目で睨めば、いつもと違って、ひどく真面目な顔をした歩と目が合う。その真剣な眼差しから、歩が揶揄ではなく、本心で言っていることがわかった。

「頼むから、これ以上兄貴を怒らせるな。お前に何かあったら、バイトを紹介した俺にも被害がくるんだから」

「そう言われても、俺にも考えがあってだな」

「とにかく、忘れんなよ。あの兄貴に、世間一般の常識は通じないってことを」

――リカちゃん先生には近づいてはいけない。

それは学校で噂される暗黙の了解。先ほど、その片鱗を垣間見てしまった慧は、曖昧に頷いた。

満足そうに煙草を咥える歩と別れて店の裏口から外へと出れば、業務用のエアコンの室外機から出る生ぬるい風が身体を包む。その不快感に、慧は舌を打った。

大通りに出た慧が見たもの。それは、ガードレールに腰掛け、遠くをぼんやりと眺めながら煙草を吸うリカの姿だ。時折吹く風が着ているジャケットの裾をはためかせるのは、いつもは閉めている前ボタンが開いているから。仕事の時とは違い、着崩した様子にリカの疲れを感じた。

「あぁ、お疲れ」

慧の視線に気づいたリカが目元を緩ませる。そこには怒りなどなく、バイト終わりの慧を労おうとする意図だけが含まれていた。

喧嘩して鍵を投げつけ、勝手にバイトを始めた自分。片や、どんな時も真っすぐに愛情を向けてくれ、困った時には助けてくれたリカ。二人の差に慧は下唇を軽く噛んだ。自分が情けなくて仕方なかった。

「リカちゃん、こんな所でなにしてんの？　待ち伏せとか怖いんだけど」

そのくせ、口からは屈折した言葉が出るのだから厄介だ。こんなことを訊ねなくても、リカが自分を待っていたのは明白なのに。言うべきはそうじゃないだろう、慧は自分自身を諭すが、拗らせ続けた悪癖が抜けない。

そんな慧の葛藤を知ってか、リカがわざとらしく眉尻を上げた。

「誰かさんを放っておいたら、また変なやつに絡まれるかもしれないし。ほら、俺みたいな善良な教師は、困っている生徒を見捨てられないから」

「誰が善良だ。それが本当なら、知らない男に土下座なんてさせないだろ」

「あれは向こうが勝手にしたこと。土下座しろだなんて、俺は一言も言ってない」

「目が言ってたんだよ。その嫌味な目がな」

出るのは憎たらしい言葉ばかり。それなのにリカは楽しそうに笑い、慧の隣に立つ。きちんと煙草の吸殻を携帯灰皿に捨て、しっかりとした足取りで歩く様子に酔いは見られなかった。

「そう言えばリカちゃんさ、さっき出てくるタイミング良すぎ」

話をそらすように慧が言えば、リカは片方の口端だけを上げる。拳二つ分ほど距離をとって歩いていた慧を覗き込み、目を眇める。

「慧君、どうして俺があのタイミングで現れたと思う？」

「知るわけがない。リカちゃんが店に来てたことすら、知らなかったのに」

「最後のは嘘だね。聞き耳を立てて盗み聞きしてたくせに」

どうして見透かされているのだろうか。あの時は慧なりに気配を消し、物音一つ立てていなかったはずなのに。慧はリカの視線から逃げるよう、顔を背けた。

「リカちゃんって本当に性格が悪い」

せめてもの口答えは早口になってしまった。隠し事がばれてしまった子供は、最後の意地で必死に平静を装うとする。無駄だとわかっていても、簡単に負けを認めるのは悔しい。

「あんなの、当然気づくに決まってるだろ。急に逃げたから気になって追いかけてみれば、酔っ払いに絡まれてるし……ったく、次からは助けてやれないんだからな」

慧の背中に触れる手は、とても大きく感じる。

素直になることと、わがままを言うことは違う。頭ではわかっていたとしても、行動に移すことは難しい。けれど、難しいからと言って、いつまでも後回しにはできない。

ぽつり、ぽつりと会話を交わし、やがて自宅マンションが見えた。お互い、それぞれの自室の前で立ち止まる。

リカの部屋に誘われることも、リカが部屋に来てくれることもない。それが悲しくて寂しくて、慧は鍵を探すふりをして時間を稼ごうとした。そのあまりにも不自然で、わかりやすい行動にリカは苦笑する。他者ならばくだらないと無視するだろう行動も、相手が慧となれば可愛く見える自分に呆れながら。

「鍵、ないのか？」

「えっ、あ……バイト先に忘れた、かも」

上ずった声での返事は、嘘だということが一目瞭然だった。リカは、もう少し上手く演技できないものかと思うと同時に、ここまで不器用な慧がとても愛おしい。

ただし、リカの性格は捻くれている。優しくしたいと思えば思うほど、同じぐらい苛めたくなる。大人げなくも、困った顔を見たいと渇望してしまうのだ。

「取りに戻るか？　それとも……」

一旦言葉を止めたリカは、解錠した玄関の扉を開く。ノブを握ったまま、悪戯に微笑んだ。

「こっち、泊まる？」

泊れとは言わない。それを決めるのは慧自身であって、慧が自分から行動しない限りは、最後の最後で一線を引く。好きな子に求められたいという欲は、大人も子供も同じだ。

「慧君が可愛く謝ってくれたら、許してやらなくもないけど？」

「謝るって、なにを？」

「勝手にバイトを決めて、勝手に他のやつに触らせたこと」

やはりきた話題。避けては通れないそれに、慧は黙り込む。触らせただなんて人聞きが悪いし、たかが腕を掴まれただけじゃないか……とは、この状況ではさすがに言い返せなかった。

「まあ、どっちでもいいよ。無理強いはしたくないし、俺が預かってる鍵を渡すよ」

金属音を立てて開いたばかりの扉が閉まれば、慧の身体は自然と動いていた。廊下に響く自身の足音が、素直に負けを認めろと言っているようだった。

リカの隣に立って、俯く。見えない表情に浮かべるのは、少しの悔恨と多大な安堵。ずっと窺っていた仲直りのきっかけに、やっと手が届く。

「………悪かった。ごめん」

それは小さな声だったが、きっちりとリカに届いた。

「謝って、それから?」

リカの優しい声はとても甘い。ところが、黒い瞳は「言うまで許さない」と訴えかけている。慧が堕ちるところまで堕ちなければ、許しを与えるつもりはない、とばかりに。

「リカちゃんの家に泊まりたい」

「それで?」

「一緒に、寝てほしい」

「寝るだけ? 慧君はそれだけで満足できる?」

慧を見下ろし、その妖艶な目をこれでもかと弓なりに歪ませる。最愛の恋人が堕ちていくのは、心の快感に直結する。付き合い始めた頃よりも、益々酷くなっていく加虐心。それを煽るかのように、慧が顔を上げた。

悔し涙で潤んだ瞳。恥じらって赤く染まる頬。震える唇でおずおずと紡いだ声はか細く、けれど期待に溢れている。

「お仕置きでも何でもいいから……――抱いて、リカちゃん」

こうしていつも、最後に笑うのはリカだ。


「やっ、やだ！　離せよ！」

玄関に滑り込んだ途端、慧の身体はリカに包まれた。後ろから羽交い絞めるように抱きしめられ、硬い胸の感触が背中から伝わってくる。

「お前が抱いてくれって言ったんだろ？」

項（うなじ）に唇を宛がい、リカが囁く。その振動すら鮮明に感じるほど二人の距離は近い。久しぶりのリカの体温に、慧は安心よりも緊張が勝る。ドキドキと鳴る胸が、飛び出してしまいそうだった。

「だからって、こんな」

慧は、備えつけのシューズクローゼットの扉に押さえつけられ、背後からリカの愛撫を受ける。何度も抱かれ、快楽を知った身体は、その妖しい手つきに簡単にも熱を帯びた。

既にリカの手は慧の素肌に触れていて、着ていたTシャツが不自然に膨らむ。裾から入ってきた外気が肌に当たると、火照った身体がその一瞬だけ冷えて気持ちがいい。

「リカちゃん、まだ玄関っ」

「ん？　別に場所なんてどこでもいいだろ。慧君はベッド以外でするのも大好きなんだし」

「ひっ、ち、違う！」

「本当に？　でも、慧君のここは喜んでるみたいだけど」

下着とボトムを一緒に下ろされ、何の刺激も受けていない慧の性器が勢いよく跳ね出した。それは上を向いて反り立ち、クローゼットの木目にいやらしい粘液を飛ばす。

「あっ、やだ」

「声。そんなに大きな声を出すと、聞こえちゃうよ」

「いやっ、無理……無理、やだ」

嫌だと首を振って助けを請う。そんな慧の下腹部に手を添えたリカが、逃げ出そうとする耳輪を食んだ。ひくん、と慧の喉が鳴る。

「玄関じゃなく、ちゃんとベッドに連れて行ってほしい？」

「んっ、あ、当たり前だろ」

「ベッドで思いっきり、ここ擦ってほしい？」

ここ、とリカの指が尻の狭間へと伸びる。蕾の表面を撫でられただけなのに、慧の性器から新しい蜜が溢れた。綺麗に磨かれた玄関の床に、卑猥な水滴がぽつりと落ちる。

「ああ……ぁ、や」

表面に宛がわれたリカの指を、無意識に飲み込もうとする蕾。それが緩々と前後に動く度、指の腹が擦れ、縁を指先が引っ掻く。ほんの僅かでいい。軽く、指一本でいいから欲しいと望むのに、リカは頑なに中へ入ってこようとはしない。焦れる様を楽しみ、慧が漏らす声に耳を傾けている。

「早く答えろよ。ベッド？　それとも、このまま？」

「くっ……ほんとに、性格が悪い」

「ほぅ。選ばせてやってるのに、そんなこと言うんだ？　随分と余裕だね、慧君」

「い、ああっ」

入り口で彷徨わせていた指を、一気に奥へと捻じ込む。その圧迫感と、壁を擦る刺激に慧の身体が震えた。乾いた中を強引に嬲られると、ぞくぞくと背筋に快感が走る。

「ひ、ああっ……あぅ」

「ほら、足音が聞こえてきた」

慧の肩に顎を乗せ、耳元で囁くリカ。外の音を聞かせる為にわざと声を潜めながらも、蹂躙する指の動きは止めない。奥から滲み出てきた腸液の助けを借り、慧の弱い箇所を擦る。

ぐずぐずと後孔を溶かす水音。それに混じって、革靴が廊下を蹴る音が聞こえる気がする。実際は玄関の扉が閉まっているのだから、そんな小さな音が聞こえるはずがない。

甘く唆された慧は、幻聴とリカの指使いに翻弄されて快感を増幅させた。

「もう、やめ……あっ、やだ、そこは嫌だ」

「ここ。思いっきり突いて、滅茶苦茶に掻き回してやろうか?」

「やっ、やだ！　だめ……だめ」

最も弱い前立腺を指が小突く。その部分は熱く熟れ、微かな膨らみを持って存在を主張していた。このままそこを弄られたら、あっけなく達してしまうことは容易に想像がつく。それなのにリカは、喉の奥で笑って、ゆっくりと指に力を込めていく。

「俺が素直に聞くと思う?」

一層身体を寄せ、ぴったりと合わさるように背後から覆いかぶさる。慧の太腿に触れる硬い何かは、リカの欲望で間違いないだろう。本能的にそれを求めて腰を揺らす慧に、リカは自身を押しつけて笑う。

「ちゃんと言葉で言わないと、何も伝わらないよ」

「や、ああ……んっ、ん」

「慧君、挿れてほしい?」

器用に左手だけで前を寛がせ、晒した性器を慧の蕾に宛がう。まだ解れきっていない後孔が、与えられる衝撃に慄くけれど、それを欲が強引に押し込めようとする。

やっと抱いてもらえる。早く中に熱が欲しくて、奥を暴いてほしい。無自覚に動いた慧の身体は、リカが入りやすい形をとった。足を大きく広げて尻を突き出し、背中を反らせて後ろを振り返る。

「やっぱぁ……絶景だな」

うっとりとリカが呟く。こんなことをされると、我慢していた理性が脆くも崩れ落ちてしまうではないか。

「慧君は俺を煽る天才だね」

全身を紅潮させ、弱々しく震える慧の細腰を掴む。締まる蕾へと、いきり勃ったそれの切っ先を割り入れていく。

「んんっ……く、あ」

今すぐにでも全てを飲み込まんとする慧に、制御されていた自制の糸が完全に切れた。

「い――ああっ……あっ、あっ」

勢いよく貫かれた瞬間。慧の上げた悦びの悲鳴は、大きな温もりによって押し殺された。くぐもった声を受けとめたそれは、リカの手のひら。脱いでいないジャケットの袖口から、甘いバニラが香る。

「さすがに叫ばれると困る」

リカはいつだって意地が悪くて、それでいて独占欲が強い。

おそらく、初めから慧の声を聞かせるつもりなどなかったのだろう。自分だけがこの状況に困惑していたと知り、慧は心の中で罵倒する。それを声に出さなかったのは空気を読んだのではなく、そんな余裕がなかったから。

「ちゃんと声を我慢できたら、もっと悦くしてやるから」

　引いた腰を突き上げ、軽く奥を小突いたリカが言う。しかし、それを慧に理解しろというのは無理な話だった。

「んあっ……や、リカちゃん、もっと奥、奥に」

「……その様子だと、聞こえてないか」

　大きく腰を回すだけでなく、前後にもスライドされ、全身でリカを感じている。狭いはずの中が、リカが入ってくると自然と広がるのだから不思議だ。

「い、イク……もう、出るからやめ」

「慧君いまさら？　挿れたと同時にイッたこと、俺が気づいていないと思う？」

　リカの言う通り、慧の性器は一度欲望を吐き出していた。ぬらぬらとした白い精液が、慧の足元に歪な模様を描く。それをちらりと見たリカは、慧から身体を離しネクタイを緩ませた。繋がったままの下肢に視線を落とし、外したネクタイを慧の目の前で揺らす。

　慧の瞳に映る薄い灰色。ゆらゆらと揺れるそれが、徐（おもむろ）に下っていく。

「これ以上汚されると、掃除するのが大変だから」

　布の端が肌を滑り、臍から下腹部へと移る。大量の先走りと、零した精液で濡れた叢（くさむら）を割り、その根元を縛った。

淡い灰色が濃く染まってゆく。その様子さえ、慧を追い詰める要因になった。

「やだやだ、こんなの、嫌だっ」

「嫌じゃないだろ？　後ろだけで十分、感じる身体になったくせに」

誰の所為だ！　心の中で慧は言い返すも、それは声にならずに終わった。縛られた慧のものは腫れ、襲ってくる痺れを伴った感覚が痛みなのか、それとも快感なのかわからない。

それでも確かに絶頂はすぐ傍まで来ていた。

「や、やだ、リカちゃん……リカちゃん」

「ん？」

慧は「リカちゃん、リカちゃん」と狂ったように名前を呼び、後ろ手にその柔らかな髪を掴む。肩に吸いついていたリカがその横顔を覗き込めば、とろんと蕩けた瞳と目が合った。

舌を出しキスを強請（ねだ）る素直さ。吐息で優しく笑ったリカが応えると、嬉しそうに吸いつく。無理な体勢を続けた首は痛み、飲みきれない唾液が顎を伝う。けれど、そんなことはどうだって良かった。少しでもお互いを感じていたくて、求め合う気持ちはより深まる。

「ひっ、あ……あっ、あ」

力の入らなくなった慧の手が、クローゼットの扉を滑り落ちる。がくん、と揺れた身体を支えるように手を回したリカは、そのまま廊下へと腰を下ろした。向かい合うように慧を足の上に乗せ、下から突き上げれば、慧の頬を享楽の涙が伝った。

「は……っ、慧君、身体は辛くない？」

角度が変わったことにより、さらに締めつける慧の後孔。まるで、それ自体が意思を持っているかのように、リカを奥へ、さらに深い場所へと誘おうとする。

「だい、じょぶ……だけどっ、あつい」

「暑い？　ああ、着たままだったっけ」

ボトムだけを脱ぎ、上の服は着たまま。リカに至っては、前を寛がせただけだ。

リカは二人を隔てる布地が邪魔で、剥ぎ取るように慧の素肌を暴く。薄暗い廊下に浮かんだ白い肌に、ありったけの想いを込めて赤い痕を残した。

「慧、慧」

慧の名前を呼ぶ声が震えているのは、リカだって離れていた時間が辛かったから。隣に住んでいて手を伸ばせば届くのに、それができないことが、ひどくもどかしかったからだ。

年上の意地がないと言えば嘘になる。けれど、それ以上に自分が何かを与えられることが、リカにとっては未知の出来事だった。だから、慧の申し出を素直に受け入れることができなかった。

慧から奪ってばかりの自分が、誕生日を理由にして祝われて良いのだろうか。そんな資格など、本当にあるのだろうか。その不安がどうしても拭えなくて、拒絶してしまったけれど。

——これほどにも苦しい思いをするなら、変な意地なんて今すぐ捨ててやる。

「慧。悩ませて、悪かった」

こんな時に、こんな場所で謝るなんてルール違反だと思う。肌を合わせている時に告げた睦言など、本心ではないと思われやしないだろうか。律動を止め、慧の腰を支えていた手で頬を包む。すると、しがみついて耐えていた慧が、おずおずと顔を上げた。

むず痒いような、それでいて嬉しげな表情。少しの間視線を彷徨わせた慧が、観念してリカと見つめ合う。

落ち着きなく開いては閉じる唇。何かを言おうとして、けれど声になる前の吐息で終わる。それを何度か繰り返し、慧はやっと言葉にできた。

「俺も言いすぎたから、その……ごめん。でも、誕生日ぐらい祝わせてほしい。だって俺は……っ、リカちゃんの恋人なんだから」

言い終えたと同時にリカの首に抱きつき、顔を隠してしまう。自分の台詞が恥ずかしくて、逃げることに必死な慧は、大事なことに気づくのが遅れてしまった。

まだ中にいるリカはずっと我慢をしている。そんな状態で可愛いお願いをされてしまえば、手加減しろというのは到底無理だということに。

慧の最大の失敗は、リカの自制心を何度も崩したことだろう。それがわかった時には遅く、下からの激しい突き上げと、苦しい抱擁に意識が途切れ途切れになっていた。

「いあぁっ、好きっ、リカちゃん、好き」

その存在を確かめるようにリカの頭を掻き抱く慧の手。ゼロ距離になった二人は、お互いの熱を混ぜ合わせ、溢れ出る愛情をぶつける。

「俺も……はっ……慧君と、同じ」

「やだやだ、ちゃんと言えっ……ちゃんと」

「相変わらず、わがままなウサギさん。でも、そんなところが好き。わがままで素直じゃなくて、頑固で生意気。そんな慧が好き」

甘い囁きに慧は喜び、盛大に昇りつめた。それから少し遅れて慧の中に欲を放ったリカは、力の抜けた恋人を丁重にベッドへと運び、息つく暇もなく二回戦目を告げるキスを落としたのだった。

＊　＊　＊

「なぁ歩。シガレットケースって、どんな物が欲しい？」

翌日。朝一で歩を屋上に連れてきた慧は、まだ半分寝ている友人に詰め寄り訊ねる。一度目では返事が返ってこず、二度、三度と名前を呼んだところで、ようやく歩の目が開いた。

「は？　何か言ったか？」

「だから、シガレットケースだよ！　煙草を入れるなら、どんなケースがいいのか聞いてんの」

考えること数秒。すぐさま歩が答えた。

「要らない」

「歩の事情なんて聞いてないんだけど」

「……お前って、本当にいい性格してるよな。がっつり聞いてるのは誰だよ」

その場にしゃがみ込み、煙草の箱を取り出した歩は、じっとそれを見つめる。

「ああ、兄貴が言ったのか」

何かに納得したかのように、歩が呟いた。独り言に近い小さな声を拾った慧は、小首を傾げる。

「なんでわかった？　俺なにも言ってないのに」

「お前はバカか。煙草を吸わない慧に、そんな物は必要ないだろ。お前の周りでこれ吸ってるのって、俺か兄貴だけだしな」

小箱を軽く振り、音を立ててその存在を示す。全てを見透かした顔が癪に障るが、歩の言う通りなのだから言い返しようがない。

昨日、玄関で一回、寝室で二回交わった後、リカは困ったように笑いながら「シガレットケースがほしい」と告げた。満面の笑みで頷いた慧に、リカは何度もキスをし、慧もそれを受け入れて、幸せを噛みしめたのだ。喧嘩していたからか、いつも以上に甘い時間だった。

「慧、顔がうざい」

「うっせぇ。そんなことどうでもいいから、なにかアドバイスくれ」

緩む頬を両手で隠し、目だけはしっかりと歩を睨む。深いため息を吐き出した歩は「心底くだらない」と言わんばかりに、白けた目をしている。

「兄貴なら革じゃなくて、アルミとかシンプルなのでいいんじゃね。あいつマメだから、箱から出して入れ替えるタイプの方が似合う」

「なるほど……とは言っても、俺には違いがわからない」

「高すぎず安すぎず、センスが良くて使いやすいもの。それ渡しておけば大丈夫だろ」

思っていた以上に選ぶのが難しそうな注文に、慧は頭を抱えた。高校生の自分にハイブランドは手が出ないし、かといって安価なものをリカには持たせたくない。程よくという言葉は、便利なようで難問でもある。

「俺、やっぱり無理かも。自分で選べる自信がない」

リカが指定してくれれば一番手っ取り早い。けれど、それとなくリカに告げた時に「慧君が選んだ物がいい」とはぐらかされてしまい、その手段は使えないことがわかった。だからこうして、嫌々ながらも歩にアドバイスを貰おうとしたのだ。

自分では選べそうにないと判断し、喫煙者である歩に聞いてみたのだが。アドバイスを貰うどころか、冷やかされている感が拭えない。

「そんなもん適当に買って、後は自分の身体にリボンでも巻けよ。喜んで食ってもらえるから」

「お前……本当、リカちゃんの弟だよな。すげぇ実感した」

兄が兄なら弟も弟だ。思考回路が全く同じと言っても過言ではない二人に、慧は呆れる。きっとリカならば、リボンを巻いて寝転んでいれば喜んで手を出してくるだろう。それを断言できることが悲しい。

大したヒントも得られない内に予鈴のチャイムが鳴り、そろそろ教室に戻ろうかと歩き出した時だった。

「慧。俺も聞きたいことがあるんだけど」

「聞きたいこと？」

「慧と兄貴ってナマでしてんの？　それともゴム付ける？」

「――は？」

あんぐりと口を開け、慧は固まった。言われたことの意味が、一瞬理解できなかったからだ。

そんな慧の様子を見て歩はほくそ笑む。

「潔癖症の兄貴がナマか……慧君ってば、超絶愛されてるな」

「つぁ、歩お前っ！」

「いやぁ。無駄な買い物しなくて済んだ。ありがとな、慧」

飄々と屋上を出て行く歩の背中。滅多なことでは礼を言わないくせに、ここぞとばかりにつけ足された一言が憎い。慧は、歩の数年後は間違いなくリカそっくりだと確信した。

4

「狐坂先生。そこに代入するのはその数字じゃなくて、最初に求めた方じゃないかな」

「あっ、すみません！　獅子原先生、ありがとうございます」

もう聞き慣れたやり取り。狐坂が雀ヶ丘高校に来てから一週間が経った。生真面目で熱意があり、何に対しても真剣に取り組む狐坂だが、彼はとても不器用だ。他の実習生と比べ、明らかに出遅れている狐坂に対するリカの心労は大きい。

現にリカは空き時間になると、こうして見学という名の監視をしている。しかしながら、観られることでさらに緊張してしまうのか、狐坂はよく間違う。数学教師を目指す狐坂が間違った問題を訂正するのが、英語科担当のリカだというのだから、少し意味がわからないと慧は思った。

「大丈夫。もっと肩の力抜いて」

慌てて間違った箇所を消す狐坂に、リカが声をかける。教室の一番後ろに立ち、腕を組んで微笑む様子は、優しい指導教師のようで内心を窺わせない。ここで心の声が聞こえたのなら、間違いなく狐坂は泣いてしまっていただろう。

「すみません！　えっと、ここに代入して……あれ？　おかしい。答えが出ない」

「狐坂先生、落ち着いて」

「えっと……どこで間違ったんだろう。すみません、本当にすみません」

黒板に向かい数字を書いていた狐坂の手が止まる。首を傾げて悩んで数分、萎縮して全く動かなくなった狐坂に痺れを切らしたのは、もちろんリカだった。

教室の前まで歩いてきたリカが赤いチョークを手に取る。カツカツ、と軽快なリズムと共に現れるのは教科書通りの数式。正解を見ていないはずなのに、一瞬も手を止めることなく書き進め、答えを導き終えたリカがチョークを置いた。

白い文字で書かれた狐坂の間違いを正すよう、リカの赤い字が羅列している。几帳面な性格を表す、乱れのない文字。それは、弱気な狐坂とは正反対だ。

「すごい」

教室のどこかで誰かが呟く。担当科目でもない教科の問題を、一切の淀みを見せず完璧に解いたリカに対する称賛だった。慧は、その流れを複雑な感覚で見ていた。リカなのだから、こんな問題は解けて当然だ。

「獅子原先生、ありがとうございます」

「いや、次からは気をつけて」

柔らかく狐坂を注意したリカが、定位置である後ろへと戻っていく。教室を横切るその表情は穏やかではあるが、それが取り繕ったものだと慧にはわかった。慧の想像通り、今のリカはひどく機嫌が悪かった。

「……はあ」

慧の隣を通りすぎる時に零れたため息。横目で視線を送れば、気づいたリカが小さく首を振る。ほらやっぱり、と慧は口元を緩ませた。

その間も狐坂の授業は続いていたのだが、教室の片隅で誰かがリカを褒める声がする。声を潜めた雑談のようなそれに、狐坂は俯き唇を噛んだ。

誰だって間違えることはある。真剣に取り組んでいたとしても、失敗することだってある。だから狐坂が悪いわけではない。ただ、比べる相手が悪かっただけだ。現役教師と実習生を比べるのは酷な話だが、生徒からすれば、どちらも先生だということに変わりはない。

すっかり落ち込んでしまった狐坂を見て、リカはそっと教室を出た。強すぎる存在感と重圧を与えていた存在が消え、狐坂は胸を撫でおろす。狐坂にとってリカは、尊敬できる教師である以上に、あまりにも遠すぎて畏怖の対象になっていた。

＊　＊　＊

「狐坂先生？」

それは昼休みが始まってすぐのことだった。慧は昼食を買うために購買に向かう途中で、狐坂の背中に声をかけた。中庭に続く渡り廊下で立ち止まり、かと思えば少し歩いて左右を見回す。その様子は、誰がどう見ても迷子だ。

「あ、兎丸君か。良かった。獅子原先生だったら、どうしようかと思ったよ」

力なく笑った狐坂がこめかみの辺りを掻く。慧は正直に言って呆れた。一週間経ってもまだ迷子になるなんて、どこまで期待を裏切らない男なのだろう。

「どこに行きたいの？」

仕方なくそう聞けば「第二倉庫」と狐坂が答える。その返答は、慧をさらに呆然とさせた。なぜならば、狐坂が探している第二倉庫は絶対に見つかるわけがないからだ。

「中庭にあるって言われたんだけどなぁ。どこを探しても見つからないんだ」

「あのさ、それって外庭と間違ってない？　第二倉庫なら外庭をちょっと行けばあるよ」

狐坂が少し考えた後に口を押さえた。その様から察するに、外庭と中庭を間違っていたのは明らかだ。腕時計を確認した狐坂の顔が、みるみる青ざめていく。

「どうしよう！　もう二〇分は経ってる……獅子原先生に怒られる！」

「それぐらいじゃ、さすがにリカちゃんも怒らないとは思うけど」

きっと冷たい笑顔を張りつけて、心の中で罵倒しながら「次からは注意するように」と返すだけだろう。心の声さえ聞こえなければ、リカは狐坂に対しても紳士然とした態度で接する。

しかし慧がいくら宥めても、狐坂の顔色は戻らない。ただリカに怯えているだけなのか、それとも怒られる謂れがあるのか。思案する慧に、狐坂が呻き混じりに言う。

「いいや、次こそ駄目だと思う。今日だけで何度注意されたか、自分でもわからないんだ」

「そんなに？」

「少なくとも一〇回以上は。次こそ怒られる」

いくら外面がいいリカでも、そろそろ我慢の限界は近いかもしれない。というより、まだ怒られていないことに慧は驚いた。慧が勉強を教えてもらう時、同じことを三度聞くと鬼リカが出現する。それなのに狐坂はまだ怒られていないと言うのだから、この違いに慧が不満を感じてしまうのも無理はないだろう。

ムッと唇を尖らせる慧には気づかず、狐坂は皮肉じみた自嘲を零した。

「僕、教師に向いてないよね。一週間経ってもミスばっかりだし、生徒のみんなと馴染めないし。いつも獅子原先生にフォローしてもらって、獅子原先生みたいに堂々とできないし……」

「それ、気にしすぎじゃない？」

「いいんだ。昔からこうだったから。こんな僕に、誰かを指導するなんてできるわけがない。ごめんね、急に変なこと言って」

いつも必死で一生懸命。それなのに上手く立ち回れなくて、けれど本人は至って真面目に取り組んでいる。だからリカも頭ごなしには怒れなかったのだが、その気遣いが仇となってしまっていた。

自分のミスを怒らず、優しく諭すリカに狐坂は憧れた。対極の存在だと焦がれ、それと同時に自分との差に愕然となる。フォローされればされるほど、自身の無能さをひどく惨めに感じ、痛感させられるのだ。

狐坂にとってのリカは、あまりにも遠すぎる存在だった。

「僕が担当になった生徒が可哀想だ」

自分を卑下する言葉を言い捨てた狐坂に、慧は心苦しくなる。自分で自分を駄目だと決めつける狐坂の姿が、誕生日云々で喧嘩した時の自身に重なったからだ。

「そんなことないと思うけど」

別に励ますつもりはないし、元気づけようと思ったわけでもない。狐坂の味方をする気もない。狐坂に重ねた過去の自分に対しての言葉を、慧は紡ぐ。

「確かにリカちゃんはなんでもできるけど、完璧すぎて近寄りがたい。俺は、リカちゃんよりも狐坂先生の方が話しやすい……気がする」

「本当に？」

「ん。狐坂先生は狐坂先生、リカちゃんはリカちゃん。それのなにが駄目なの？」

柄にもないことを言った慧は、口元を隠して照れた。

しかしながら、狐坂は目を潤ませ、隣に立つ慧を見つめた。感極まったとばかりに、握った狐坂の拳が震える。予想外の反応に、慧の脳裏に嫌な予感が浮かび……。

「とっ、兎丸君って本当にいい子だよね！　最初に会った時に助けてくれて、この前も真っ先に質問してくれて！　僕が今も頑張れるのは、全て兎丸君のお陰だよ‼」

大きくも小さくもない、ごくごく平凡な黒い瞳を輝かせる狐坂。鼻息荒く言い放った台詞は、慧を困惑させるには十分だった。

「あれは別に先生を助けたわけじゃなくて」

「わかっているよ。兎丸君は照れ屋だから素直に言えないけど、本当は優しい。他人を大事にできる子だって、僕はわかっているから！」

何がどうなって慧が優しいのか、他人思いなのかはわからないが。狐坂はよほど感激したらしく、しきりに頷いていた。

どうやら狐坂は生真面目に加え熱血漢でもあるらしい。そこもリカと真逆で、どうしてこの二人を組ませたのか、慧は心から不思議に思った。

「いや……うん、俺のことはいいから、とりあえず第二倉庫に行こう。案内するから」

「あっ、そうだね！　確か獅子原先生に頼まれたのは……頼まれたのは」

はた、と狐坂の動きが止まる。凍りついたのかと思うぐらいに動かなくなり、慧は訝しげな視線を向けた。そして戻っていたはずの狐坂の顔色が、また真っ青に変わっていることに驚く。

「狐坂先生、まさか」

いや、まさか。この期に及んで、まさかそんなはずはないだろう。慧は恐る恐る狐坂に訊ねる。

「リカちゃんの頼みごと、忘れたりしてない……よな？」

するとと、両手で顔を覆った狐坂は、首を振った。肯定とも否定ともとれる曖昧な動き。それでも、狐坂の醸し出す雰囲気が『忘れた』と告げている。

一日で一〇回以上もミスをし、教えられた場所を間違って覚えて迷子になり、散々待たせた挙句、頼まれた内容を忘れるなんて。

「リカちゃん……怒る、かもな」

「かもじゃなく、怒るよ。僕でも怒る」

諦めから投げやりに笑う狐坂を見て、慧は声をかけたことを後悔した。こんな状況だと知っていたら、絶対に無視をして見て見ぬふりをしていただろう。けれど時間は戻せない。

事情を知ってしまった今、自分ならリカの怒りを多少は緩和できるかもしれない。そう思うと、少しぐらいは助けてやってもいいような気がする。

「わかった。俺も一緒にリカちゃんの所に行くから、だからそんな目で見ないで」

「そんな目？」

「捨てられた犬みたいな目。ここで先生を放置したら、夢に出てきそうだからやめて」

眉をハの字にして、どうすべきか訴えかけてくる瞳。狐坂のそれを見ると、慧のなけなしの良心がずきずきと痛む。心底困っている人を放っておけるほど、慧は冷血でも非道でもなかった。

道連れになることを決めた慧は、踵（きびす）を返してリカのいる科目室へと向かおうとした。一歩目を踏み出したところで、急に風が吹いて目を閉じる。ザアッ、と鳴った葉音が止んで狐坂を振り返ると、不思議そうに小首を傾げて突っ立っている。

「狐坂先生?」

慧が名前を呼べば、狐坂は神妙な顔つきで顎に指の背を当てた。

「もしかして、兎丸君って香水をつけてる?」

「え?」

「今、一瞬すごく甘い匂いがした。この匂い……どこかで嗅いだような気がするんだけど。どこだったかな」

慧の背筋に冷たい汗が伝う。ごく少量しかつけていないはずの香りが、先ほどの強い風によって狐坂に届いてしまったらしい。

すぐ傍まで近づかないとわからないよう、気遣っていたのに。よりにもよって、一応は教師側の立場である狐坂に気づかれるなんて、どう言い訳すれば良いのだろうか。そんな思いが一瞬にして頭の中を駆け巡るが、慧の動揺をよそに、狐坂はにっこりと笑う。

「今時の高校生って大人びているんだね。でも、男の子で甘い匂いって珍しい」

「どこかで移ったんじゃない? 俺、香水なんてつけてないから」

強引に会話を終わらせた慧は、早足で進んだ。できるだけ自然に、できるだけ狐坂から距離をとろうとした。平然に振る舞いながらも、しばらくは香水をつけないでおこうと決めて。

我ながら上手い返しができたと慧が自負する通り、狐坂もそれを疑わなかった。誰かの匂いが移ったのだと信じ込んだ彼の勘違いが、後々大きな問題を起こすこととなる。

それを予期できていたら、きっと慧は『香水をつけるお洒落で他人思いの高校生』を渋々ながらも受け入れていただろう。


いつもの科目室でいつもの椅子に座り、いつものように煙草を吸っているのは、獅子原理佳だ。煙草を挟む指とは反対のそれで、トントンと机を叩いてリズムを刻む。その一定のリズムと完璧すぎる微笑みに慧は内心で危険信号を発した。

「そう。じゃあ、コンタクトを落として困っていた兎丸を手伝って遅くなった。そのことに夢中になって、頼んだ内容をど忘れしてしまった……ってことかな?」

「はい。すみません、お待たせした上にお応えできなくて」

「いや、困っている生徒を助けるのは、教師の大事な仕事だからね。狐坂先生は何も悪くない」

煙草を灰皿で揉み消し、リカが立ち上がる。狐坂の正面まで歩いてきて、そっと肩に手を置いた。ビクリ、と反応した狐坂にリカは小さなメモを差し出す。

「これ、今日の職員会議で必要なんだけどさ。資料室に前年のデータがあるから、纏めておいてもらえると助かる」

「え、でも今度こそ第二倉庫に」

「それは後で俺が行っておくからいいよ。少し顔色が悪いみたいだから、ついでに資料室で休んでおいで。確か、今日はもう授業はなかったよな？」

「はい。でも、僕は平気です。お手伝いします！」

リカの台詞は狐坂を気遣っているように聞こえるが、本当は違う。嘘をついてごまかそうとした狐坂に対し、罰を与えようとしていることに慧は気づいていた。なぜなら、狐坂が指示された資料室は四階の端にあり、この科目室からは遠い。しかも資料室自体がすごく狭く、決して休める場所などではなかった。

それを知らない狐坂はリカに頭を下げて出て行く。残されたのは慧一人となった。

「さあ、邪魔者もいなくなったことだし。詳しく聞こうか」

誰もが見惚れる笑みを向け、リカは慧を室内のソファへと促した。

「特に話すことないんだけど」

「またまた。あんな嘘で、この俺が騙せると思うか？」

慧がコンタクトなどしていないことを、当然リカは知っている。この作戦でいこうと言いだした狐坂に、慧は何回も無理だと言った。絶対にバレると、強く反対したのだが……。

『どうして獅子原先生は兎丸君がコンタクトしてないって知ってるの？　今日はたまたまつけていた、でごまかせると思うんだけど』

そう言われてしまえば、頷くしかできない。まさか——一緒のベッドで寝て、今朝も起こしてもらっているから知っている――なんて、どう考えても言えない。

　自信満々に説明する狐坂の隣で、慧がどんな気持ちでいたか。隠せるはずのない嘘をついて自分を騙し、狐坂を庇おうとした慧をリカが見逃す可能性はゼロだ。逆にここで見逃されたら、帰宅後が怖い。

「それで、嘘をついてまで騙そうとした理由は？」

　嫌々ながらもソファに座った慧の隣にリカも腰を下ろす。ぴったりと腿が合わさるほど近い距離に、リカからの無言の『逃がさない』が伝わる。

「別に騙す気はなかったんだけど。その、成り行きで」

「ほう。うちのウサギちゃんは、成り行きで恋人に嘘をつくんだ？　それは許しがたいね」

　鼻で笑ったリカが立ち上がり、扉まで行き鍵をかけた。そこから慧の座るソファへと向き直した顔には「簡単に許してもらえると思うなよ」とでも言いたげな黒い笑みが浮かぶ。

　さりげなく時計を見れば、残された時間はあと二〇分強。

「俺、早く戻って昼飯済ませないと」

「早く戻れるかは慧君次第かな。大丈夫、そこまで怒ってないから」

「いやでも。ほら、リカちゃんも昼食べてないだろ？」

「俺はこれから戴くよ。活きが良くて、悪戯が大好きなウサギちゃんを」

　じりじりと近づいてくる影。唯一の出口はその後ろで、どう考えても絶体絶命。

――やっぱりあの時ちゃんと断ってればよかった！

甘い匂いと意地悪な手に翻弄されながら、慧は時間の許す限り『慧君限定お仕置きタイム』に耐え続けたのであった。

過保護な先生の『ただひとつ』

1

狐坂尊は、昔から自分の名前が大嫌いだった。『尊』という漢字も『ミコト』という読み方も嫌で仕方がなかった。幼少期には女みたいな名前だと揶揄われ、ある程度大きくなってからは名前負けしていると言われてきた。気が弱くて不器用で、何を言われても言い返すことができない。狐坂はいつも、ただ笑って我慢するだけだった。

周りに合わせていれば何とかなったのは、高校生の頃までだろうか。特に最近は自主性がない、個性を持てと言われる毎日が続いている。狐坂は、それが腑に落ちない。

仮に世の中の全ての人が自主的で、且つ個性溢れる人間だったなら――。人間関係など簡単に崩壊してしまうと言い切れる。だから、自分のような『平凡で月並み』も必要不可欠だと、自分自身に言い聞かせてきた。

そんな狐坂が実習先の高校で出会った獅子原理佳は、彼が一番苦手としている人種だ。自信に溢れた強気な態度、そのくせ誰もに慕われる人望の厚さ。そして、多彩な才能。

見た目も中身も全てが完璧。狐坂の描く理想の教師像にリカは限りなく近く、教師としても、一人の男としても憧れを抱かざるを得なかった。

何でもできるリカと、何もできない自分を比べては落ち込む。それは周りの実習生に出遅れているのも相まって、日々、言いようのない焦燥感を募らせるには十分だった。そんな時に決まって思い出すのは、一人の生徒の顔だ。少し勝気で、見目が華やかな彼は、口下手ながらにいつも励ましてくれる。初対面から情けなかった自分を、今も尚『先生』と呼んでくれる。

狐坂尊にとって、兎丸慧は受け持つ生徒の一人でありながら、それ以上の存在となっていた。

「兎丸慧君か。生意気な子かと思ったけど、いい子だな」

リカに指示された資料を作り終え、届ける為に科目室へと向かう。その道すがら、微かに甘い匂いが狐坂の鼻腔を掠めた。男子校にそぐわぬ、甘々としたバニラの香りだ。

「この匂いは……」

つい先ほどに感じたばかりのそれ。近くに慧がいるのだろうか、と狐坂の頬が緩む。同時に、運ぶ足が軽くなった気もした。軽い足取りで進み、階段に差しかかったところで上ってきた人物と対面する。狐坂がこの世で一番に苦手で、どれだけ望んでも手の届かない男に。

「狐坂先生、ちょうどいいところに」

「獅子原先生。どうかされましたか？」

また何かヘマをしてしまっただろうか。焦る狐坂に対し、リカは違うと手を振る。

「追加でお願いしたい資料があってね。でも、時間も迫ってきているし俺も手伝うよ」

狐坂よりも歩幅の広いリカは簡単に追いついてしまう。その時また、あの匂いがした。兎丸慧と同じ匂い。けれどリカのそれは慧のものよりも濃く、そして深く怪しげな雰囲気を伴う。

誰かの匂いが移ったのかもしれないと言った慧。それと同じ香りを漂わせる獅子原理佳。ふと、狐坂は違和感に気づく。自分が科目室を出た後も、慧はまだあの部屋に残っていたことを。そう言えば、あの時の慧は妙に慣れていたようにも思えた。

まるで、何度も科目室に来たことがあるかのような、そんな気がしたのだ。

「どうかした?」

すっかり足の止まってしまった狐坂を、リカが振り返る。柔らかな笑みを浮かべているのに、刺々しさを感じるのは自分の疑いすぎかもしれない。そう思うけれど、一度芽生えた疑惑の芽は、すくすくと育っていく。

「いえ。そういえば、兎丸君はあの後すぐに教室に戻りましたか?」

偶然にしては出来すぎた状況。訊ねた狐坂に、リカは笑みをそのままに答える。

「ちゃんと帰したよ。でも、それがどうした?」

「まだ昼食を済ませていなかったそうなので。ちょっと気になっただけです」

薄い唇を左右対称に上げ、目を細めた綺麗な笑い方。もしも笑顔の教科書があれば、リカが狐坂に見せる表情は、そこに記載されていることだろう。

疑えば疑うほど、怪しく見えてしまう。香水の種類などたくさんあるのだから、偶然似たものを使っているのかもしれない。そうは思えど、疑惑はどんどんと深まる。

ただ一つだけ断言できることがある。

――獅子原先生の笑い方は、いつも同じだ。

じっと見据えたその先に、触れてはいけないものの片鱗を見つけ、狐坂の心臓はドクンと大きく脈打った。

＊　＊　＊

「兎丸君、今日もまたメロンパン？」

慧を後ろから覗き込む影。その男は慧の前に座っている拓海に笑いかけ、少し距離をとって立つ。

一昨日から続く雨のせいで、慧たち三人は屋上ではなく教室で昼休みを過ごしている。そしてその時間になると、なぜか狐坂は教室に現れるのだ。

「甘い物ばかりだと身体に悪いよ」

そう言った狐坂が机に置いたのは、購買で売っている野菜ジュースだった。歩と拓海の前にも同じものを置いて、他のグループの方へ移動する。

「あいつ……急にどうしたんだ？」

既に食べ終わっていた歩が、目線だけで狐坂を追いかける。他人に無関心な歩がそう言うのも無理はなく、狐坂は突然変わった。まるで別人のように、急に友好的になった。

歩の疑問に、コンビニのおにぎりの封を開けながら拓海が答える。

「狐坂先生も、やっと慣れたんだろうな」

「それにしては急すぎるだろ。慧。お前、何か知ってる？」

歩の問いかけに慧は首を振って答える。慧自身には全く心当たりはないし、リカからも何も聞いていないからだ。

「きっと、リカちゃん先生に扱かれすぎて性格変わっちゃったんだよ」

綺麗な三角形を大口で頬張り、咀嚼しながら言う拓海に慧も同調した。歩はどうも納得できない顔をしていたが、すぐに興味を失ったのか、立ち上がった。

屋上で煙草が吸えない歩が向かう場所は一つ。雨に濡れなくて、喫煙を咎められず寛げる場所。リカのいる科目室だ。

狐坂が来てからというもの、基本は職員室にいるリカだったが、自分の仕事が立て込んでいる時と昼休みは科目室に潜む。それを狙って一服しに行くのが、ここ最近の歩の昼休みの過ごし方だった。

「お前も行く？」

歩が慧を誘う。慧は咄嗟に頷きかけた首を、すんでのところで止めた。

「やめておく。俺は行かない方がいい」

狐坂に香水のことを言われてから、学校でリカと接触するのを避けることにしていた。常日頃から考えなしだと揶揄される慧でも、さすがに今の状況では控えるべきだとわかっている。

ましてや、まだ教室の中に狐坂がいるのだ。ここで慧が出て行けば、後をつけられかねないだろう。

「あっそ。じゃあ、お前のリカちゃん借りるな」

「……歩、性格悪すぎ」

「安心しろって。ちゃんと待てできてるから、褒美やってくれって頼んでおいてやる」

余計な一言をつけ加えて歩が教室を出て行く。その手には野菜ジュースが二つ。

「あれ?! 俺のジュースは?」

自分の分がなくなったことに気づいた拓海が探し回るが、それは性悪な弟が、もっと性悪な兄貴に持って行ってしまい見つかることはない。

「俺のジュース!! なあ慧、俺の知らない?!」

「うっせぇな。俺の分やるから黙れよ」

慧の分を受け取った拓海が、一口飲んで大げさに顔を顰めた。

「これトマト入ってんじゃん! 俺いらないから慧に返す!」

「そんなの、見たらわかるだろ。口付けたんだから、責任もって最後まで飲めよ」

いらないなら捨てればいいのに、最後まで飲もうと頑張る拓海。その後ろで狐坂がこちらに向かって手を振り、静かに教室を出て行ったのが見えた。それに遅れること一〇分後、入れ違いで歩が戻ってくる。

「ん。兄貴から慧にって」

歩に渡されたのは狐坂がくれた物とは別の野菜ジュースだった。それは野菜嫌いな慧が、唯一飲める物。きっと歩が持ってきた物を見て、それだと慧が飲めないからとリカが用意したのだろう。ありがたく受け取った慧は、迷うことなくストローを挿す。

恨みがましい視線を向ける拓海を無視し、一口も分けてやることはなかった。

＊　＊　＊

一日の授業が終わり、慧は拓海と一緒に学校を出た。バイトがあるからと急いで帰った歩を見送り、二人はとりあえず街に出る。目的なんてなくて適当に時間を潰し、少し早めに解散する。ポケットのスマートフォンが震えて見れば、時間は一九時。着信はリカからだった。

雨の中歩いて帰るのも嫌で、リカの迎えを待つ。指定されたコンビニで待っていると、見慣れた車が駐車場に入り、少ししてスーツ姿のリカが降りてきた。

慧を見つけたリカの表情が、プライベート用のそれに変わった。

「何か必要な物は？」

立ち読みしていた慧に近づいたリカが話しかける。多分こうなるだろうと、かごにお菓子を大量に入れていた慧は、それを指さした。中身を見たリカの目が細まる。

「こんなに食えないだろ」

かごの中にはチョコレートやクッキーなど、甘い物ばかり。見ているだけで気分が悪くなりそうなそれを、リカは数点手に取る。

「せめて三つに減らしてこい」

「お前は俺の母親か。誰も一度に全部食べるなんて言ってない」

戻せ、戻さないで言い合い、結局リカが折れた。その後もいくつかアイスを買い足してレジへ向かう。支払いを済ませたリカの後ろについて車へ乗り込めば、ハンドルを握るのとは逆の手が慧へと伸びてくる。

その手が触れる寸前で、慧は強い力で撥ね除けた。

「バカか。誰かに見られたらどうすんだよ」

「この辺には大学しかないし、知り合いなんていない。疲れてるんだから、手ぐらい握ったっていいだろ」

そう言われてしまえば何も言い返せない。黙り込む慧の手を、今度は恋人繋ぎに変えたリカが車を発進させる。片手だけの運転でもスムーズにマンションに着き、リカは着替える為に自分の家へ向かった。しばらくして慧の家にやって来たその姿は、スーツとは違う普段着。後ろ髪を結い、黒縁眼鏡のオフモードでソファに座り込む。

「はあ、疲れた……いつもの一〇倍働いた気分。ねぇ慧君、癒して」

リカはそう言って、隣に座っていた慧に身体を寄せる。かけられる体重が重たくて這い出せば、今度はすぐさま腕を引かれ、リカの身体の上に座らされてしまった。

いつもは見上げるリカを、逆に見下ろすのは新鮮だ。勝った気分になった慧は、憎らしげな瞳で強気に笑う。

「狐坂先生はいいやつだから、リカちゃんとは合わないかもな」

「いいとか悪いとかの問題じゃない。よく言えば容量が悪い、悪く言えば使えない」

「それ、どっちも悪く言ってるよな」

歯に衣着せぬリカの物言いに、慧は呆れる。

「頑張ってるんだから、そんなに悪く言ってやるなよ」

「頑張ってるとかの次元じゃない。コピーを頼めば両面にしてくるし、教材の補充を頼めばまた迷って帰ってこない。今日一日で、俺が何度あいつを探しに行ったと思う?」

「知るかよ」

「五回だぞ。どうすれば一日で五回も迷えるんだよ」

さすがに一日でそんなにも迷子になるのはどうかと思う。けれど、狐坂の頑張りを知っている慧は、無自覚に言い返してしまう。

「それを指導するのがリカちゃんの仕事だろ」

狐坂を庇ったのが気に入らないのか、リカが少し拗ねた目を向ける。ここでやめておけば良かったのに、調子に乗りやすい性格の慧は止まれない。見下ろしている状態が、それをさらに助長させる。

「いつも余裕ぶってるけど、リカちゃんもまだまだ子供だな。年下に振り回されてるなんて知られたら、狐坂先生にバカにされんじゃねぇの。お子ちゃまリカちゃ――」

途中で消えた言葉。最後まで言い切れなかったそれの代わりに、漏れる吐息。勢いよくソファの背凭れから起き上がったリカが、慧の口を塞ぐ。

「な、んぐっ……リ、カちゃん」

後頭部を掴む、大きな手のひら。それの力が強くなり、唇が更に押しつけられる。動けないように、もう片方の手で慧の腰を抱き寄せたリカは、突き入れた舌の動きを激しく変えた。揶揄しようとした慧を、リカが荒いキスで強引に黙らせる。

「やっ、リカちゃん……待っ」

「無理。俺は子供だから、加減とかわかんない」

「なに言って」

唇を離し、艶やかに歪めてまた合わせる。どんどん深くなるキスに頭が麻痺した慧は、思わずリカの身体に縋りついた。このまま食べられるのではないかと疑うほど、深く激しい。

「慧君ってば子供のキスで感じてんの？」

力の抜けた慧を支えながらリカは意地悪を言う。慧の息が切れて言葉にならないことを良しとして、濡れた自身の唇を拭った。

「ごめんね、子供だから我慢できなくて」

首を傾げて満面の笑みを浮かべた悪魔は、軽々と慧の身体をソファに横たえた。急な浮遊感に慄く慧の内腿（うちもも）を撫でるのは、子供でなく大人の手。いつも慧を苛めて、甘く蕩けさせる魔法の手だ。

「慧君も大変だな。相手が子供だから、付き合ってやるしかないもんな」

「ちょっ、待って！　待てって!!」

「待たない。子供だから、楽しいことは今すぐシたい」

長いリカの脚が股の間に入れば、このまま行きつく行為が何かなんて容易に想像がつく。咄嗟に胸を押し返そうと慧は手を伸ばすが、それもすぐに拘束されてしまった。

「無理だってば！」

「子供だから無理な理由がわからない」

シャツのボタンを外しながら、自称『子供』が迫ってくる。逃げようにも狭いソファの上に逃げ場はなく、肘掛けに後頭部が触れて慧の動きが止まった。

「まだ飯食ってないし冗談、だよな？」

「俺がこんな冗談を言うとでも？　慧君に対しては、いつだって本気だったんだけど、伝わってなかったか……やっぱり俺もまだまだ子供だな」

「伝わってる、すっげぇ伝わってるから！　だから今日は」

「うん、わかってる。今日は今まで伝えてきた分の復習だろ？　やっぱぁ……今までの分ってなると、何時間かかるか想像つかないね」

全然わかってねぇよ！　そう叫んだはずの口は、またしてもリカによって封じられる。

全く子供とは思えないキスで限界まで追いやられ、慧は流される覚悟を決めた。嫌がるより応じた方が良いと身体が判断したのだ。ところが、リカの手は太腿の位置から動こうとしない。

「リカちゃん？」

一向に先へ進もうとしないリカに、痺れを切らした慧が話しかける。すると、覆いかぶさっていた影が消え、身体を起こしたリカが慧の額を指で弾いた。

「ほら、こんな風に簡単に隙を見せるなよ。狐坂みたいな思い込みの激しいタイプほど、何かあったら面倒臭いんだから」

どうやら遊ばれていただけだとわかり、慧は羞恥で頬を染めた。すっかりその気になっていた自分が悔しいが、それをリカに悟られるのはもっと悔しい。ゴホン、と軽い咳払いでごまかし、リカに倣って慧も起き上がる。

「わかってる。だから科目室にも行ってないいし、香水もつけるのやめただろ」

「慧君は懐くとすぐに尻尾振るから。あんまり他に構いすぎてると、首輪つけるぞ」

冗談のようで本気のような、でも冗談であってほしいことを言ったリカが、慧の身体を抱きしめた。股の間に抱え込むように後ろから覆いかぶさる。部屋着越しに伝わる鼓動の心地よさに、すぐ絆されてしまうのは惚れた弱みと言うものなのかもしれない。

リカの一挙一動で簡単にドキドキしてしまう自分に呆れつつも、慧はおとなしく腕の中に収まった。背後から感じる温もりに無意識にすり寄ると、リカの手があやすように慧の頭を撫でる。

ここからはもう恋人としての時間だ。

「来月の初めには期末テストもあるし、それが終われば夏休みか……時間が経つのは早いな」

「リカちゃん。今の台詞、おじさんみたい」

「一言多いよ、慧君」

忌々しげに眉を顰めたリカは、ため息と共に前髪を掻き上げた。戻ってきた表情は穏やかで、慧の皮肉に対して本当に怒ったわけではない。

「夏休み、どこか行きたい所は？」

煙草に手を伸ばしながら問いかけてくるリカに、慧は答える。

「そんな先のこと、今聞かれてもわかんねぇ」

本当は行きたい所はある。慧が連れて行ってくれと頼めば、リカならどこへでも連れて行ってくれるだろう。それでも慧が返答を躊躇する理由は、少なからず狐坂のことがあるからだ。夏に公開される映画や、新しくできた複合施設。それから、折角なら海にも行ってみたい。けれど、リカと自分の関係性を考えると、口に出してもいいのかがわからなかった。

そんな慧を知ってか知らずか、紫煙を吐き出したリカは宙を見上げる。

「確かに、今はそれどころじゃないか。夏休みが始まるまでに考えておいて」

「わかった。けど、リカちゃんには行きたい所ないのか？」

いつも自分を優先させてくれるリカ。たまには、リカの行きたい所に連れて行ってもらうのも悪くない。珍しく相手を優先する慧に対し、リカが見せたのは含み笑いだった。

「俺の行きたい場所か。そんなの、一つしかないな」

その視線は部屋の奥にある扉へと向けられる。「おやすみ」と「おはよう」を言う寝室へ。

意味がわかった慧は、眦を吊り上げた。

「またそれかよ！　お前は、そんなことしか考えらんねぇの?!」

「そんなことしかじゃなくて、そんなことを慧君としたいなって考えてるんだけど」

「一緒だろ！　言っておくけど今日は絶対しないからな！」

このまま、またリカのペースに持っていかれそうで、慧はソファから立ち上がった。何か飲もうとキッチンに向かえば、煙草を消したリカが後を追いかけてくる。

「なんだよ。今日は絶対に、なにがあっても嫌だからな！」

冷蔵庫からペットボトルを取り出し、入口に立つリカの身体を押す。リビングへ戻ろうとした慧を、柔らかな温もりが後ろから抱きしめた。首筋に毛先が触れ、慧はそのくすぐったさに思わず身を捩る。

「慧君、何か勘違いしてないか？　今日はお前を抱くつもりはないんだけど」

「は？　さっきしたいって言ったの、お前だろ」

「でも今日とは言ってない。いくら俺でも毎日はしない。あ、慧君がしたいなら喜んで付き合うけどね」

わざと慧が勘違いするような言い方をしたのは、意地悪に他ならない。にやつきを隠しきれていないその顔を、慧は思いきり睨みつけ、腕の中から抜け出した。

今度は追いかけてこないリカが壁に凭れて肩を震わせる。

「なんだよ、騙された俺がそんなに面白いか？」

敵わないと知っていながらも食ってかかる慧に、リカの震えは大きくなるばかりだ。

「いや。面白いわけじゃなくて、どうしたらこんな可愛い反応ができるのかなと思って」

「かっ、可愛いとか言うな！」

戸惑いを隠す為に慧が向かおうとしたのは浴室だった。シャワーでも浴びて頭を冷やさないと、赤く染まった頬をごまかせそうにない。既に見られているのだから無駄だと言うのに、そそくさと逃げ出す慧をリカが呼ぶ。

「慧」

ウサギでも慧君でもない、きちんとした呼び方に、慧の足が勝手に止まる。最後の意地で振り返りはしなかったが、慧の全神経はリカに集中していた。

眼鏡の奥の黒い瞳。もの柔らかな眼差しで慧を見つめるそれ。

そこに込められているのは『慈愛』だ。慧が頑なに見ようとしない瞳は、慧だけを映す。

「慧は、どこに行きたいかって聞いてくれたけどさ。やっぱり慧の行きたい場所を考えておいて」

「それだと、いつもと変わらないだろ。たまには、リカちゃんの行きたい所に行けばいいのに」

「たまにはじゃなくて、いつも行ってるよ。慧がどこかに行きたいって言った瞬間、そこが俺の行きたい場所になるんだから」

ストレートに言われたその言葉の意味がわからないほど、慧は鈍くない。

散々に揶揄い、これでもかと意地悪を言ってバカにして。狼狽える自分を見て楽しんだ後に、リカは『とっておき』をくれる。

リカらしい、リカ以外だと照れて言えないような甘い睦言。照れながらも決して嫌な気分にならないのは、それがリカの本心だと伝わってくるからだ。

「はっ、リカちゃんは相変わらず寒すぎ。そんな浮ついた台詞で、俺が喜ぶと思うなよ!」

言い捨てた慧は、急いで浴室へと逃げ込んだ。勢いよく閉めた扉に預けた背中が、ずるずると滑り落ちる。いくらリカのキザに慣れてきたとはいえ、面と向かって言われたら恥ずかしいことには変わりない。

男である自分が、男のリカに口説かれて胸を弾ませるなんて。まさか、こんな日が来るとは想像もしていなかった。男同士で付き合っていることもさることながら、リカのことを知れば知るほど惚れ込んでしまう。

「ああもう……リカちゃんと一緒にいると、心臓がいくつあっても足りない」

シャワーの音に紛れた独り言は、紛れもない率直な気持ち。慧はこうしてまた、自分の方が好きなのだと実感するのだが、実のところは違っていて――。

「やっぱぁ……慧君が可愛すぎてつらい」

リビングのソファには、慧以上に身悶える大人がいた。

2

「あっ、兎丸君！」

この日もまた、廊下を歩いていた慧を誰かが呼び止める。それは、最近どこにでも現れる狐坂だった。なんだか見張られているような気分になった慧は、そっと息を吐く。

狐坂は、慧を見かける度に呼び止めてくる。何か用があってのことかと思えば、ただ世間話をしたり、挨拶を交わすだけで終わることが多い。正直に言って、人と関わることが苦手な慧にとって迷惑でしかない。

そしてもう一つ、目の前では理解しがたいことが起きている。

「狐坂先生。急がないと遅れるから」

狐坂と一緒に歩いていたリカがそう急かす。リカと狐坂が二人並んで歩いて行く後ろ姿は、前よりも近い。距離の問題ではなく、雰囲気が近づいた気がするのだ。

「結局さ、あの実習生は何がしたいんだ？　やたらとお前に話しかけたかと思えば、今日は兄貴の傍から離れないし」

隣にいる歩の言う通りで、今日一日を見る限り、リカの傍にはいつも狐坂がいる。いくらリカの指導を受けているとはいえ、今までと比べて狐坂の態度は明らかに違った。

親しく会話をしているわけでなく、ただ隣にいるだけ。普段と変わらず過ごしているリカを、狐坂が執拗に追いかけていると言っても過言ではない状況だ。

「慧の次は兄貴って、お前らのことを監視してるみたいだな」

「怖いこと言うなよ。それに、あの狐坂先生が監視なんてできると思うか？」

「それはそうだけど。真面目なやつって、実はぶっ飛んでたりするし気をつけろよ。兄貴はともかく、慧は我慢を知らないからな」

気をつけると言っても、一体何に気をつければいいのだろうか。

正体不明のものに悩まされる慧の背後で、廊下を曲がった途端にリカは小さく舌を打った。横目で隣を歩く男を見つめる。どこまでも追いかけてくる狐坂に、リカは微かな苛立ちを感じ始めていた。

同僚の教師からは懐かれただのと言われるが、絶対に違うと言い切れる。自身の一挙一動に目敏く配られる視線の正体は、おそらく警戒だろう。あからさまに態度に出す狐坂を見て、リカはそう結論づけた。

けれど、それほどまでに気にかけられるには、思い当たる理由が弱い。疑惑を持たれたきっかけは些細な出来事で、自身から慧と同じ匂いがしたというだけ。それだけで、どうしてここまで疑われるのか、未だ掴めない。だから何のアクションも起こせず、知らない素振りを貫くしかなかった。

「そう言えば、獅子原先生はどうして教師になったんですか?」

急に振られた会話に狐坂を見る。前を向いていたはずの顔が、いつの間にかこちらを向いていてリカは内心で驚いた。

「どうして急にそんな話を?」

「自分の指導教諭が、どんな理由で教師を目指したのか知りたい。それって、実習生としては普通のことだと思います」

「なるほど。それなら、その答えは教師になりたいと思ったから」

「じゃあ、どうして教師になりたいと思ったんですか? 獅子原先生ぐらい万能なら、もっと他に選択肢があったでしょう」

リカの記憶が確かなら、今まで狐坂から話しかけられたのは数える程度だ。それなのに、珍しく会話を広げようとする意味は何だろうか。淡々と紡がれる言葉の裏に、何かあるのかと慎重に考えを巡らし、張りつけたままの笑顔で答える。

「人に物を教えるのが好きだからかな。言いたいことが上手く伝わった時の達成感は、言葉じゃ言い表せない」

模範的で面白味の欠片もない回答。我ながら心にもないことを、よくも言えたものだとリカは自嘲した。それに釣られてか、狐坂もふっと笑みを零す。

「そうですか。やっぱり、獅子原先生はすごいですね」

「すごい？　今の話のどこがすごいのか、俺にはさっぱりわからないな」

リカが返したのは、ありきたりな内容だったはずだ。ボロが出ないよう気遣って、注意に注意を重ねて言葉を選んだ。それなのに狐坂は「すごい」と繰り返す。

好意的な感情が一切感じられない、敵視した視線で告げられる称賛は、皮肉にしか聞こえない。

「達成感を感じられるのは、獅子原先生に自信があるからですね」

じりじりと身を焦がすような敵愾心。拒絶をありありと含んだ狐坂の言い回しは鋭く、リカは片眉を上げる。

「自信？」

「だって獅子原先生は、自分が伝えたって思えるんですから。生徒たちが理解してくれた、受け取ってくれたとは思わないんですね」

落ち着いた声で紡がれる声には、多くの棘が含まれている。それは全てリカに向けて放たれ、今度こそその正体を明らかにした。

「どうしてそんなに余裕なんですか？　自分なら何をしても許されるとでも？」

「狐坂先生が何のことを言っているのか、わからないんだけど。俺に何か不満があるなら、改めて場を設けるよ」

リカは努めて優しく振舞おうとした。突然訳のわからないことを言われ、戸惑ったというのもある。とにかく、廊下で話すべき内容ではないと判断したリカは、一旦会話を終えようとした。

ところが、狐坂は止まらない。今の彼にあるのは、幾度となく自分を気遣ってくれた、慧を案ずる気持ちだけだ。

「兎丸君と獅子原先生の関係は何ですか」

もの問うように聞こえつつも、勘づいていることを示唆した一言。その言葉に、リカはわかりづらく瞠目する。狐坂は二人の関係を疑っているのではなく、確信を持っている。そう考えると、何かと慧に話しかけ、こうして自身に付きまとうことの理由が見えてくる。

一体いつ、どこで。何が原因となって狐坂の疑惑を濃くしてしまったのか。それを推し量るよりも先にすべきなのは、この場を切り抜けることだろう。

「関係って言われても、兎丸は生徒のうちの一人だけど?」

意味がわからないていを演じながら、リカは止まっていた足を進めた。

「狐坂先生、疲れているんじゃないか？　実習も半分を過ぎて、疲れが出てくる頃だし」

「やっぱりごまかすんですね。それは、言えないようなことを彼にしているからですか？」

「いきなり何の話？　言えないようなことも何も、俺と兎丸に学校以外での接点はないよ」

何かを掴んでいるなら早く言え。しらを切り続けるリカに、狐坂は顔を険しくした。それは何かに怯え、おどおどしていた今までの彼とは全く違う。

あれだけ恐れていたリカに、面と向かって対抗しようとしている。

「二人が同じ匂いだと気づいてから、僕はまず兎丸君に注目しました。すると、彼はいつも先生を見ていることがわかりました。それも、すごく不快そうに」

「へぇ……そうなのか。それは気づかなかったな」

とんだ茶番だとリカは思う。そんなことは狐坂に言われなくとも、知っているからだ。そもそも慧がリカを睨んでいるのは、プライベートで見せる自分と、対外用のそれとの差に呆れているだけのこと。

実のところを知らなければ、こういった解釈もできるものか、とリカは納得した。

「初めは不思議でした。獅子原先生は万遍なくみんなに優しくて、どの生徒からも悪い話は聞かない」

「もしかして、みんなに話しかけるようになったのは俺の話を聞く為?」

「そうです。みんな、口を揃えたかのように先生を褒めます。教師として慕っているものから、中には個人的に入れ込んでいる子もいましたけど」

褒め言葉のはずなのに、こうも気分が悪くなるのは一体どうしてだろうか。その答えは、目の前にある。『みんなが慕っていたとしても、自分はそうじゃない』と、顕著に表す狐坂の表情だ。

「兎丸は元々、反抗的な生徒だから。あいつは俺だけじゃなく、誰に対してもあんな感じだよ」

それは間違いではない。いくら生活態度が改善されたとはいえ、慧の本質である生意気で不遜なところは変わっていないからだ。リカに対してはその中に親しみが込められているのだが、表面しか見ていない狐坂がそれに気づくことはなかった。

狐坂が否定の意味で首を振る。

「それはどうでしょうか。確か前に、先生のご自宅をお伺いした時、駅前の方だとおっしゃっていましたよね」

「それが?」

「実は僕、お二人を校外で見かけたことがあるんです。それもなぜか隣町で。わざわざ自宅とは別方向の場所で待ち合わせをする。その意味って何でしょう?」

確かに数日前の雨の日、リカは慧を隣町のコンビニまで迎えに行った。あの辺りは住宅街でもなく、これと言って目立つ建物のない閑散とした土地だ。大学が数校あるだけで、知り合いに会う可能性は、ほぼないと見越してのことだった。

リカは車だったし、慧も一人でいたはず。待ち合わせたコンビニには、狐坂の姿どころか他の客さえ数えるほどしかいなかった。

「狐坂先生の見間違いじゃないかな。俺は、そんな場所に行った覚えがない」

あくまで慧とは個人的な付き合いはないと貫くリカに、狐坂が低く唸るような声を上げる。

「嘘つき。僕、しっかりと見ましたよ。駐車場に黒い車が停まって、中から先生が出てきたこと。店の中にいた兎丸君と合流したこと。それから、二人で一緒に走り去って行った時の、兎丸君の表情さえ覚えています」

「……どうして狐坂先生が隣町に？　家、あの辺りだったかな？」

「いいえ。あの近くに、父が勤めている大学があるんです。あの日は父の仕事が早く終わったので、帰りに食事でもと思いまして」

それどころではなくなりましたが。そう続けた狐坂が、そっと目を伏せる。

その間に、リカは頭の中で打開策を探した。狐坂の父親が大学教授をしていることは、何気ない会話の中で聞かされていたが、まさかこんな偶然が起こることまでは想定していなかった。そこまで考えていられるかとも思うが、今それを言ったところで何も変わらない。

適当に話を合わせてごまかすか、それとも存じぬを突き通すべきか。迅速に頭を働かせながら、その一方でリカは余裕ぶって笑う。

「確実性のある証拠があって、俺と兎丸の関係を疑ってるのか？　ただ見かけただけじゃ、話にならない」

「証拠はまだありません。でも、必ず見つけます。——……僕はあなたを絶対に許さない」

話がリカの予想外の方向へ向かっていく。二人の関係ではなく、リカ単体を許さないと言った狐坂。今までの流れから察するに、狐坂から慧に対しての攻撃性は全く感じられず、もしかして、という一つの憶測が浮かんでくる。

リカは、そうであってくれと密かに願い狐坂を見つめた。その『勘違い』をより濃くすべく、わざとらしく驕り高ぶった風を装う。

「あんなに素直で優しい子を騙して、あなたはそれでも教師ですか⁈　仮にも人を指導する立場で、卑劣にも程がある！」

語気を強めた狐坂に、リカは自身の憶測が正しいのだと確信した。あまりにも突拍子のない勘違いに、いけないとは思いつつ失笑してしまう。それを見た狐坂は、さらに怒りに震える。

「どうして笑えるのか、全く理解ができません！」

拳を握って激昂する狐坂とは対照的に、リカは首を傾げ、微笑みの裏に本心を隠す。

「いや……そういうことか、と思ったらつい」

不幸中の幸いとはこのことだろう。狐坂が生真面目で、物事を枠にはめて考えるタイプだからこそ起きた誤解。リカへの劣等感が、それに拍車をかけたのだと言える。

妙に高すぎる慧の好感度、そこに抱いた疑惑。狐坂の態度を見ていれば、慧のことを相当気に入っていることは容易に想像がつく。その相手がリカとなれば、悪者は一人しかいない。

目立つ存在というのは、時として謂れのない批判を受けるものだ。好感度は高くても、リカのそれは『大多数』からのもので、時には明確な理由もなく毛嫌いされることがあった。

きっと狐坂もその少数の内の一人なのだろう。それならば話は早い。

「本当に何もないんだけどね。それに、もし仮に俺と兎丸の間に何かあったとして、狐坂先生に関係あるか？」

「兎丸君は僕の生徒でもあるので。騙されているとわかっていて、放っておくなんてできません。

あなたが兎丸君に近づけないよう、全力で邪魔させていただきます」

断言した狐坂が非難の視線をリカに投げる。首筋を掻いたリカは、細く息を吐いた。

「たとえ邪魔したところで、狐坂先生に俺の弱みは握れないと思うけどね。そんな無駄なことに労力を使うより、先生には自分のすべきことがあるんじゃないか?」

「今、僕のすべきことは兎丸君を守ることです」

「守る、か。そんなもの、口先だけならいくらでも言える。でもまあ、そこまで言うなら、先生の好きなようにしたらいいんじゃないかな」

リカは狐坂から向けられる敵意や嫌悪、この先に生じるであろう面倒事を一身に受け入れるつもりで、言葉を続ける。

「誰が高校生を本気で相手にするか。悪いけど、俺は相手には困ってないから」

――俺は。お前と違って『俺は』相手には困っていない。含ませた意味に狐坂が気づいたのかは定かではないが、的外れではなかったようだ。

硬く結ばれた拳が、僅かに上がる。殴りたい衝動を抑えている狐坂の鼻息が荒くなり、噛みしめた唇が白く色を変えた。また一段と、リカが悪者になった証拠だ。

「兎丸君のことは、遊び、ということ……ですか?」

短く言葉を区切らせるのは、そうでもしないと大声を上げてしまうから。近くに人の気配はなくとも、怒鳴ればすぐさま誰か駆けつけてくるはずだ。そんなことをしてしまったら、自分はおろか慧にまで迷惑がかかるかもしれない。

今やもう、狐坂の中にリカを配慮する気持ちはなかった。こんな男、どうなっても構わないと思っていた。そうして、完全なる『悪』に堕ちたリカが告げる。

「あんなもの、遊びや暇つぶしにもならない」

ぎりぎりと歯を食いしばる音。床を靴底が踏み込む音。怒気を全身に纏った狐坂は、今にも飛びかかってきそうなほどだ。それをリカは見下ろし、ゆったりと腕を組んだ。

ふてぶてしく下衆で、低俗な教師の小芝居の為に。

「今度、狐坂先生も兎丸とヤってみれば？　あいつ、頭はバカだけど身体の方は覚えいいし、もう俺が仕込んであるから楽だと思うよ」

「……っ、自分がしていることを、最低だと思わないんですか？」

「何をそんなに怒っているのかわからないな。ああ、狐坂先生に自信がないようなら、三人で楽しむのもいいね」

トン、とリカが狐坂の肩を軽く押すと、その身体は数歩よろめいた後に壁にぶつかった。狐坂の瞳が、微かに揺れる。

本当は歯向かうことが怖くて仕方がないくせに、必死に自分を奮い立たせている様。あまりにも向こう見ずな狐坂の原動力が、慧に対する善意からきていることにリカは少しの罪悪感を抱いた。自身の恋人をここまで心配してくれるのは、決して嫌ではないからだ。

けれど、それを表に出しては意味がない。あくまでも『獅子原理佳』は、狐坂にとって悪者でなければいけない。

壁に凭れた狐坂の顔の横に右手をつく。そして反対の手で、気が動転し身動きのとれない男のネクタイを掴んだ。それをリカが一気に引き寄せると、驚愕によって見開かれた目が間近まで迫ってくる。

「それとも、兎丸の代わりに先生が俺の相手をしてくれる？」

これといって特徴のない顔。口角だけを上げて笑ったリカは、流し目で狐坂を見下ろした。

「なっ、え、何言って」

「嘘だよ。狐坂先生が相手じゃ、俺がその気になれない。悪いけど見た目には煩いんだ」

一瞬にして頬を染めた狐坂がリカの身体を押し退ける。歪んでしまったネクタイをそのままに、肩を怒らせた。

狐坂が教師という仕事に強い憧れを抱いているのは、一緒に働いていれば誰でもわかる。この仕事が好きで、だからこそ些細なことでも考え込んでしまう。周りが嫌がる雑用でさえ真剣に取り組む姿勢を、リカは評価していた。それを汚す発言を、狐坂は絶対に許さないだろう。

リカが最低最悪な男に成り下がれば下がるほど、狐坂は慧を守ろうとする。それが彼の思い描く『教師像』だからだ。

「獅子原先生が本気だったなら、僕は黙っているつもりでした。先生は何を考えているのかわか

らない人だけど、仕事に対しては、誰よりもひたむきだと思っていたのに」

「それは残念だったな。狐坂先生は教育実習よりも先に、人を見る目を養った方がいいね」

「本当に、どこまでも最低な人ですね。みんなを騙して良心が痛まないんですか?」

「良心? さあ……どこかに置いてきたのか、元々持ち合わせていないのか。狐坂先生はどっちだと思う?」

揶揄の為にリカが訊ねた途端、向かって放たれた狐坂の拳。一目見て慣れていないことがわかる、構えも何もなっていないそれが宙を切る。上半身を反らせて難なく避けたリカは、狐坂の腕を掴み上げた。身の捩じれる痛みに呻くその耳元で、そっと囁く。

「悪いけど、自慢の顔を殴られるのは困るんだよ。兎丸はこの顔が好きらしくてね」

「――っ、離せ!」

「それから。今すぐその顔をどうにかした方がいい。あまりにも酷すぎて、見るに耐えない」

平々凡々な狐坂の顔は、爆発させた怒りのせいで醜く歪んでいた。艶やかに嗤うリカを見る目は暗く淀み、赴任初日の彼とは全くの別人だ。

なかなかの名演技が功を奏したのか、狐坂はリカを振り切って足早に立ち去っていく。けれど向かった先は二人が戻るべき職員室とは逆方向で、案の定迷子になった狐坂が戻ってきたのは数十分後。リカは、狐坂のことを心配する周囲に、適当な理由をつけて答える羽目になってしまった。

やがて、やっと職員室に戻ってきた狐坂は、遅刻を咎められなかったことに不思議そうな顔をするも、リカとは一切目を合わせようとしない。その嫌われぶりに、リカは我ながら損な役回りが多すぎて苦く笑う。

なんとか狐坂の注意を自分だけに向けなければ……そのことを第一に考えていたリカは、すっかり忘れていた。自分の恋人がどれほど嫉妬深く寂しがり屋で、そして狐坂と同等、もしくはそれ以上に思い込みが激しいということを。

＊　＊　＊

「リカちゃ――」

一人で立っている姿を見かけ、名前を呼ぼうとした慧は、すぐさま口を閉じて隠れた。その理由は、少し離れたところから狐坂が走ってきたからだ。狐坂に気づいたリカが振り返って立ち止まり、二人で歩いて行こうとした時、慧は見てしまった。

狐坂がリカに対して何かを注意したらしき様子と、それにリカが苦笑いしながらも応える姿を。今までの二人では考えられないやり取りに、慧の胸中は穏やかではない。

「慧、どうした？」

歩に声をかけられても、頭からリカと狐坂の姿が消えない。指導教諭と実習生なのだから、二人が親しくなるのは当然だ。学校では誰よりも一緒にいるリカに、狐坂が気を許したとしても違和感はない。ましてや、外面だけは良いリカに、狐坂は憧れていたはずだ。

心の中で自分に言い聞かせてみるが、どれだけ弁解しても気分は悪くなるばかりだ。

「別になんでもない」

素っ気なく返した慧に、歩が大げさにため息をつく。それが慧の不機嫌に拍車をかけ、短さには定評のある、慧の我慢の糸がぷつりと切れた。

「なんだよ。言いたいことがあるなら言えよ」

完全なる八つ当たり。それでも歩は慣れているのか応戦することはなく、慧から向けられる威嚇を受け流し、スラックスのポケットに入れていたスマートフォンを取り出した。その画面に映る人物の名前を確認した歩の眉が、ぐっと寄る。

「慧、お前今日スマホは?」

「持ってくるの忘れた」

「それでか。兄貴から、帰るのが遅くなるって伝言。お前と連絡取れないからって、俺に言ってくんじゃねぇよ」

わざわざ歩に頼まないといけないのは、常に狐坂が傍にいて易々と慧に近づけないからだ。今のリカが一人になれるのは、狐坂が授業をしている間だけ。しかし、その時間は当然慧も授業中で、リカにだって自分の仕事がある。

家に帰れば会えるのだから、二人の時間が不足することはない。今日だって、あと数時間もすれば誰にも邪魔されない時間が訪れる。それがわかっているのに、リカが自分ではない誰かと二人でいると思うと、慧の余裕など簡単に消え去る。

代わりに湧き出てくるのは『どうして』という疑問。どうして自分ではなく、狐坂がリカの隣に並ぶのか。どうしてリカは自分ではなく、狐坂に笑いかけるのか。

どちらを考えても、それが仕事だからという結論に行きつく。リカが狐坂と過ごす時間は、仕事の一部であって、自分と過ごすそれとは全くの別物だ。頭では理解できているのに、いざという場面で心が受け入れてくれない。だから、苛々する。

他人に相談すれば、くだらないと一蹴されかねない悩み。それを抱えながらバイトを終えて家に帰ると、慧はリビングに置き忘れていたスマートフォンを手に取った。リカからの着信とメールを確認し、ソファへと放り投げる。

「遅くなるって何時に帰ってくるんだよ」

飲み会に顔を出すから遅くなる。帰宅時間も教えてくれない簡素なメッセージの意図するところは、今日は別々に寝ようということだろう。

けれど、今日は金曜日だ。明日は学校が休みで、少しぐらい夜更かしをしても問題はない。

そうなれば慧のとる行動は一つで、そそくさとシャワーを浴び支度を済ませる。左手にスマートフォンだけを持ち、帰宅の遅い家主を待つこと数時間。テレビも観飽きてきた頃、ようやく重たい玄関扉が開く音がした。

「遅くなるって言ったのに」

帰宅したリカが真っ先に見つけたのは、玄関に鎮座する慧の靴だった。きちんと脇に揃えられたそれに、自然と疲れが癒されていくのを感じる。スーツの袖口から覗く腕時計を見れば、時刻は二三時を過ぎていた。

この靴の持ち主はもう眠ってしまっただろうか。一人で眠るよう暗に告げたのは自分なのに、あわよくば起きて待っていてくれたら……と期待してしまう。そんな自身の願いが叶ったのか、リビングのソファに慧の姿を見つけた。

「テレビ観てただけだから。別に、リカちゃんを待ってたわけじゃない」

本当にそうならば言わなければいいものを、余計な一言をつけるから素直じゃない。慧は一旦はリカに向けた顔をテレビに戻し、熱心に画面を見つめる。しかし、そこに映っているのは小難しい話を続ける政治家で、慧がそれに興味があるはずはない。必死に強がるその姿勢に、リカは可愛すぎるのも罪だと思った。

「そうか。待っていてくれたわけじゃないなら、今日は一人で寝ようかな」

「なっ！」

「明日は休みの慧君と違って、俺は土曜日も仕事だし。待っていてくれたわけじゃないなら、俺がいつ寝ようが構わないもんな」

自分でも性格が悪いとわかっていながら、見せつけるようにネクタイを解く。そのままシャツのボタンに手をかければ、三つ目を外したところで慧が舌を打った。

「慧君、何か言うことは？」

忌々しげに眉間に皺を寄せ、慧は無言で抗う。けれど、そんな小さな抵抗も虚しく、リカが隣に腰を下ろしたことで自然と身体を摺り寄せてしまう。

いつもの香水の香りに混じる、いつもより強い煙草の匂い。人前では、できる限り煙草を吸わないようにしているリカにしては珍しく、慧は数度鼻を鳴らした。気づいたリカが、慧から距離をとる。

「とりあえずシャワー浴びてくる」

「ん。でも珍しいな、リカちゃんがこんなに煙草の匂いさせてるのって」

「これは飲み会に顔を出した時に移ったんだよ。理由をつけて断ったはずが、あいつが言いくるめられるから」

「あいつって？」

慧は、出てきた『あいつ』が誰なのかを訊ねた。そうするとリカの顔に和らいだはずの疲れが蘇り、額を押さえて俯く。

「狐坂。あいつが断りきれなかったから、指導係の俺も巻き添えくらわされた。もうすぐ実習も終わるっていうのに、ここで問題を起こされたら俺も困る」

「……それは仕方ないだろ。狐坂先生なら、断れずに飲みすぎそうだし」

納得したかのようなことを言いながらも、慧の気分は急降下していく。リカの話しぶりから、二人きりではなかったことがわかるのに、それでも黒い気持ちが膨らんで止まらない。

「狐坂のやつ、ずっと俺の隣に座ってるんだよ。あいつ、協調性があるように見えて全くない。何の為に来たんだって、思わず言いそうになったぐらいだからな」

「そんなに酷かったのか？」

「トイレにまで付いてこようとしたからな。さすがにそれは注意した」

「……ありえねぇ」

リカの後を追いかける狐坂が簡単に想像でき、慧は目を眇めた。もう、抱えている不満が狐坂に対してのものなのか、それともリカに対してなのか判断がつかない。とにかく無性に苛々して、嫌味の一つぐらい言ってやりたくなるのだ。

「付きまとわれてるのだって、どうせリカちゃんが余計なこと言ったんだろ。いつもみたいな寒い台詞とか、気をもたせるようなことを」

「そんなもの、頼まれても言うか」

頭の後ろで手を組んだリカが、天井を見つめため息をつく。狐坂が来てから、明らかに回数の増えたそれ。今回零したものは、その中でも一段と深い。

「これが残り一週間も続くかと思うと、頭が痛くなる」

ストレスを感じると頭痛が酷くなるリカは、今も鈍く痛んでいるこめかみを押さえる。

教育実習自体は順調であるものの、当人は問題だらけ。その上、慧との仲を勘づかれてからは執拗に監視される日々。リカのフラストレーションは溜まる一方で、慧と過ごすこの時間だけが唯一の救いだった。それなのに、肝心の恋人は面白くない、とばかりに唇を尖らせる。

「そんなに嫌なら狐坂先生に言えば？　必要以上に付きまとうなって」

不貞腐れた顔と声。不服をありありと含ませた慧の言葉に、リカは苦笑する。

「それが言えないから困ってるんだよ」

「言えないって、なんで？」

「なんでって……」

——狐坂の注意を自分に引きつけておかないと、慧が困るから。

そんなことを言うつもりはない。これはリカ自身が勝手に決めたことで、慧に押しつけるつもりもなければ、自己犠牲だなんて殊勝な気持ちもなかった。ただそれが当然で、それが最善策だと思ったからだ。

だから何も答えず、曖昧に流す。本当のことを言ってしまえば、慧は狐坂に食ってかかりかねない。

「なんだよ」

隠し事を暴こうと覗き込む慧の視線。それから逃げるように立ち上がったリカは、大きく伸びをする。

「いや、なんでもない。さっさとシャワー浴びて寝ようかな」

「それ、絶対に嘘だ！　リカちゃん、俺に何か隠してるだろ?!」

「ないない。俺が慧君に嘘をつくわけがないだろ」

強引に話を終わらせ、浴室に向かって行ったリカの背中を見つめる。リカの秘密主義なところは付き合う前も、付き合ってからも変わらない。リカの中で言う必要がないと判断されてしまえば、慧がどれだけ問いただそうと教えてはくれないのだ。

シャワーを終えて戻ってきた後も、二人揃ってベッドに入ってからも、やはり続きを話してはもらえなかった。よほど疲れているのか、すぐに眠りについてしまった横顔に見入り、慧はほうっと微かな息を吐く。

閉じられた瞼、髪と同色の睫毛、高い鼻筋に薄い唇。そして、至近距離にある男らしい喉仏。意を決し、身体を起こした慧が唇を寄せれば、タイミング悪く寝返りをうたれてしまう。代わりに現れた項は、普段なら後ろ髪に隠れているのに、今は無防備に晒されていた。

日頃のお返しとばかりに小さな悪戯の痕を残し、証拠隠滅の為に顔を埋めて眠りにつく。

翌朝、見送ったリカはまだその存在に気づいていないようだった。完全犯罪を成し遂げた慧の足取りは軽く、すぐに支度を終えて家を飛び出した。

教育実習の一件ですっかり忘れていた、恋人の誕生日プレゼントを手に入れる為に。

慧が意気揚々と買い物を楽しんでいる頃。獅子原理佳の休日出勤は、全く嬉しくない出迎えから始まった。職員室で待ち構えていた狐坂を見て、こうも同じことを毎日続けて、よく飽きないなと感心する。

＊＊＊

「獅子原先生、確認お願いします」

「ああ、ありがとう。狐坂先生、今日は土曜日だから休んでくれていいのに」

「いえ。僕には自分の役目がありますので」

狐坂がプリントを差し出し、リカがそれを受取ろうと手を伸ばす。そんなリカの手は咄嗟に弾かれた。まるで汚物のような扱いに、リカは内心穏やかではないが、そこは大人だ。もちろん表に出すことはない。

「悪い、手が滑った」

落ちた紙を拾い上げたリカが見たもの。元々あった嫌悪を倍増させたかのような、狐坂の険しい顔だった。

「狐坂先生？」

「……っ、本当に汚らわしい」

「——は?」

どうして急にそうなるのだろうか。たかだか指が触れただけで、ここまで言われる意味がわからずリカは疑問を抱いた。

「急に何?」

訊ねたリカを狐坂が指さす。その示す先は首筋で、職員室には自分と狐坂以外に誰もいないからと、ボタンを開けていた襟元。そこには、緩んだネクタイが揺れていた。

「首に痕が。昨日、まっすぐに帰ったのかと思ったら、そういうことですか」

「首に痕?」

狐坂の言う痕が何を意味するのか、考える必要はなかった。その表情や雰囲気から、あまり歓迎されるものではないことがわかる。そうなれば、それが何かも、誰がつけたものかも一目瞭然だ。

狐坂に対する嫉妬心から刻まれた痕。着替える時に気づかなかったのは、おそらく見えない場所にでもつけられたのだろう。知っていれば上手く隠したものを、暑さに負けて髪を結んだことをリカは後悔した。

「そんなものを学校につけてくるなんて、非常識じゃないですか?」

「それに関しては言い訳できないな。確かに狐坂先生の言う通りだ」

「もしも生徒に見られたら、どうするつもりで?」

「あいつがつけた痕なら、二日もせずに消える。月曜には消えてるから大丈夫」

正確な位置がわからない痕跡を探すかのように、リカは自身の後ろ首を撫でる。指摘されても動じないその様子が、狐坂の癇に障った。免疫のない狐坂には、随分と慣れているように見えたのだ。

「それ、兎丸君がつけたわけじゃないですよね。だって、最近の二人は一言も話せていないみたいですし」

「狐坂先生が目を光らせているからね。それが？」

みるみるうちに鋭くなる狐坂の瞳。まさかリカと慧が隣同士に住んでいるなんて知らず、二人の邪魔をできていることに満足していたのだろう。そんな中、リカが誰かの痕を残せば、それは当然のごとく『慧以外の誰か』となる。

タイミングが良いのか悪いのか、できすぎた展開にリカは失笑する。けれどその笑みは、狐坂の言葉で瞬時に凍りついた。

「お相手の方に、きちんと注意すべきでは？　まあ、獅子原先生とそういった関係になるということは、向こうも程度が知れていますが」

「それはどういう意味？」

「言葉の通りです。割り切った関係と言えば聞こえはいいけれど、どちらも無責任なだけじゃないですか。いざという時いつでも逃げられるように、適当な付き合いをしているとしか思えな

——」

狐坂の言葉は途中で止まった。なぜならば、リカが足元にあったごみ箱を蹴り飛ばしたからだ。倒れたそれが転がる乾いた音が、沈黙の中に響く。

リカは、突然のことに驚き硬直した狐坂に強い眼差しを向ける。

「狐坂先生。俺、これでも気が長い方なんだけどさ。あいつのことに関しては、理性がすぐに飛ぶから気をつけた方がいいよ」

頭のどこか奥で、やめろと制する声が聞こえる。

自分のことをいくら貶(けな)されようが構わない。けれど、それが慧のことになると、リカの自制心は瞬時に崩れ落ちる。まるで、初めからそんなものは存在しなかったかのように。そうなってしまったら、もう誰も止められない。

何の前触れもなく激しく怒るリカに、狐坂はたじろいだ。梅雨時期で湿気が多く、蒸し暑いはずなのに背筋が凍りそうだった。その原因は、目前で冷たい視線を向ける男で間違いないだろう。

決して大きくはない声でリカが呟く。

「よく知りもしないで、好き勝手言ってくれて。お前にあいつの何がわかる」

喉を締め上げられたわけでも、胸ぐらを掴まれたわけでもない。それなのに、狐坂を息苦しさが襲う。それはリカが醸し出す、身を刺すような張り詰めた空気の所為だ。

一歩、二歩と後ずさった狐坂が尻もちをつく。

「獅子原先生、あのっ」

どうにかして振り絞った狐坂の声は、縋りつくようなそれに聞こえた。何がリカの逆鱗に触れたのか推測しても、思い当たる節が多すぎて皆目見当がつかない。

狐坂が生きてきた二一年間で、ここまで人を怒らせた記憶はなかった。良くも悪くも記憶に残らない自分が、核心を見せないリカの感情を揺さぶるなんて、想像だにしなかった。

どう対応していいかわからない。とにかく逃げなければ、と思うけれど身体が動かない。そんな狐坂を見下ろしたリカは、じっと見据えて数秒、不意に視線を背けた。

「今日はもう帰れ。お前じゃ俺は止められない」

自席に戻ったリカは黙々と仕事を進める。お先に失礼します、とかけられた声にリカが応えることはなかった。

＊　＊　＊

狐坂尊は正直、焦っていた。リカから言質は取れたものの、物的証拠が何も掴めないからだ。四六時中自分が張りついていることが大きな要因だが、それにしてもリカと慧が全く接触しない。

リカを問いただした際、真剣な付き合いではないことは確かめた。平然とした顔で認められたあの時のことを、きっと忘れはしないだろう。

その一方で慧からリカへと向けられる感情は、遊びではなく本気だと言い切れる。何度も自分を助けてくれた彼が、暇つぶしで教師と関係を持つとは考えられない。きっと、騙されていることに気づいていないのでは……そう思うと、何とかして慧の目を醒ましてやらなければいけない。教育実習が終わるまであと一週間、もう残された時間は少なく、狐坂は最終手段をとることにした。

リカが駄目ならば慧。多少強引で、少なからず彼を傷つけることになるだろう。慕っている男に、まんまと遊ばれたと知った時の慧を想像すると、ずきずきと胸が痛む。

＊　＊　＊

「兎丸君」

自分の授業を終えたその足で、慧の元へと向かった狐坂が声をかける。ちょうど鞄の中から昼食を取り出そうとしていた慧は、狐坂を見た瞬間に顔を曇らせた。今までにないその反応に、もしかするとリカから何らかの入れ知恵をされたのでは、と思案する。

「せっかくだから、お昼一緒にどうかなと思って」

にこやかな笑顔で提案する狐坂を見て、慧は瞼を伏せた。少し逡巡した後、小さく首を振る。

「悪いけど、拓海たちと約束してるから。二人がトイレから戻ってきたら移動するし」

「僕は四人でもいいよ。鳥飼君や牛島君とも話してみたいと思っていたしね」

「でも……その。先生が特定の生徒に構うのって、あんまり良くないと思う。特別扱いしてるって言われたら、困るのは狐坂先生の方だ」

慧は狐坂を気遣いつつ、はっきりと拒絶する。それは食後に一服したがる歩や、つい不必要なことまで口を滑らせがちな拓海を考慮してのことだった。その他にも、もしかしたらリカが顔を出してくれるかもしれない、との期待もあった。とにかく、これ以上狐坂にペースを乱されるのが嫌だった。

何かと気にかけてくれる狐坂を嫌いではない。だからこそ強く言えなくて、籠りがちになった言葉。それがまた、狐坂を勘違いさせる。

――やっぱり、獅子原先生に何か言われたに違いない。

今までとは違い、距離を置こうとする慧に、もう躊躇っている余地はないことを知る。

「獅子原先生ならいいのに?」

唐突に出したその名前。驚きを隠しきれない慧が、思わず顔を上げた。

「獅子原先生だって生徒と話したり、ふざけ合ったりしてるよ。それは良くて、僕が兎丸君たちとお昼を食べるのは駄目なの?」

「それとこれは別というか……狐坂先生はその……俺にばっかり話しかける、から」

本当は言いたくなかったことを言った慧は、静かに口を閉ざした。人見知りについて悩んでいる彼に、傷を抉るような真似はしたくなかった。そんな慧の不器用な優しさは、狐坂には取ってつけた理由に聞こえてしまう。

「それ、獅子原先生に言われた？　もう僕と話すなって、釘を刺されたとか？」

ぴくん、と肩を揺らした慧が顔を上げる。顔いっぱいに「どうして」を浮かべ、困惑した表情で狐坂を見つめた。

「僕は、あの人みたいに外面だけを繕って生きていないから。確かに、人と接するのは得意じゃない。けど、変わろうとしてる」

「狐坂先生？」

「一人一人と正面から向き合っていきたい。あの人みたいに卑劣な手段で脅したり、怖がらせて屈服させるのは間違ってる。信頼しあえるのが理想だと思う」

リカのことを『あの人』と繰り返す狐坂からは、激しい嫌悪が感じられた。それは慧の想像していた展開とは大きく異なり、頭が上手くついていかない。けれどリカのことを悪く言われて、身体が勝手に反応する。

気遣っていた視線を咎めるものに変えた慧に、狐坂が苦く笑う。

「場所を変えよう。教室ですべき話じゃなかったね、ごめん」

促されるように席を立ち、出入口扉へと向かう。拓海に断りの連絡を入れた慧は、狐坂から少し離れて廊下を歩いた。狐坂が向かっている先はわからないけれど、それが職員室と科目室でないことは断言できるだろう。

「さっきの、リカちゃんが誰かを脅すとか屈服させるとかって話。あれなに？」

人通りがまばらになったところで、前を歩く男の背中に向かって訊ねる。振り向くことなく返ってきた返事は、狐坂らしい穏やかな声で落とされる。

「本当の獅子原先生はね、兎丸君が思っているような人とは違う。下劣で卑怯で、貞操観念の薄い人なんだ。兎丸君は騙されているんだよ」

「騙す？　リカちゃんが俺を？」

全く身に覚えのない話に、慧は置き去りにされている気分だった。狐坂が何を思ってそう言っているのか、予測すらつかず迷路に入り込んだ感覚だ。

「狐坂先生は勘違いしてると思う。リカちゃんは、そんなこと絶対にしない」

人当たりが良く、気を持たせるようなことを言う時もある。けれどいつだって、リカは慧に対しては真っすぐだ。それに、自分を騙したところでリカが得することは何もない。

「兎丸君は相変わらず優しい。あんな人を庇う必要なんかないのに、優しすぎるよ」

「俺は優しくなんかない。狐坂先生はなにも知らないだろ。リカちゃんがなにを考えていて、ああ見えてどれだけ真面目なのか。知らないのに悪く言うのは、良くないと思う」

慧が説き伏せようとすればするほど、狐坂の顔つきが歪む。苦々しげに寄せられた眉が、眉間に深い皺を作った。

「というか、狐坂先生のそれって嫉妬じゃねぇの。本当は誰もリカちゃんに近づいてほしくなくて、悪く言ってるだけとか」

つい出てしまった台詞に狐坂が瞠目した。慧が言ってしまったことは、自分の恋人に付きまとう狐坂に対する、ただのやっかみだ。

気まずい空気が二人の間に流れ、慧は引き返そうと足を止めた。下り階段に先に足をかけたのは、狐坂だ。

「嫉妬なんて、そんなのとっくに通りすぎたよ」

呟いた狐坂の声は独り言のように小さい。けれど、慧の耳にはしっかりと届いた。

「ほら、急がないと昼休みが終わるよ。今はまだ受けとめられなくて当然だ」

急かすように狐坂の手が慧の肩へと触れる。それを慧は、乱暴に振りほどいて身体を退いた。空を切った狐坂が態勢を崩し、手摺に掴まって慧を仰ぐ。

「兎丸君？」

「狐坂先生がどう思おうと、先生の勝手だ。けど、リカちゃんを悪く言ったことは許さない」

「どうして兎丸君がそれに怒るの？　これは言わないでおこうと思っていたけど、獅子原先生には兎丸君以外にも相手がいる。僕はこの目で、獅子原先生の首につけられたキスマークを見たんだよ」

「それは……それは……その」

怒りとは違った熱が慧に訪れる。それは羞恥に因るもので、狐坂が見た痕をつけたのが自分だからだ。きちんと隠れる場所につけたはずなのに、どうして見えてしまったのだろうか。

ぐるぐると頭の中で考えを巡らせ、慧は口を手で覆った。性愛行動の一種を他人に知られて平静を装えるほど、慧の神経は図太くはない。

黙する慧のすぐ傍まで寄った狐坂が、空いている方の手をとる。制服越しに触れられるのとは違う、素肌に直接感じた温もり。思いがけず弾いてしまった狐坂の手が宙を彷徨い、慧は咄嗟的にそれを掴もうとした。それが間違いだった。

「兎丸君?!」

重心を崩した身体がバランスを失う。思った以上に反動がついて、その勢いに追いつけなかった上半身が前へと倒れた。

慧に弾かれた狐坂も同じように足元をふらつかせ、視界の端に落ちていく慧の姿を捉える。けれど、捉えようと伸ばした手は届かなかった。それもそのはず、狐坂は伸ばしたのとは反対の手で、しっかりと手摺を握っていたのだから。

「兎丸君、手を！」

自身の名前を呼ぶ声。近くにいるはずの狐坂が、遠ざかっていくのがわかる。流れていく情景は、ひどく緩慢な動きだった。実際に落ちていくスピードの数倍、慧は時間がゆっくりと過ぎていくのを感じた。

学校の階段はコンクリートで、硬くて冷たい。入学してすぐにそれを踏み外した時は、確か大きな痣ができた。慧はそんなことを冷静に考えながら、すぐに感じるであろう痛みに耐えるべく、強く目を閉じ唇を噛みしめた。

「——……っ」

一瞬、時間が止まって、また動き始める。誰かが慧の名前を叫ぶ声が聞こえる。それがリカの声に似ていたような気がして、そんなはずがないと笑った。こうもタイミング良く、何度も助けてもらえるはずがないからだ。

けれどももし。もし、万が一にでもリカだったなら。きっと、自分は助かるだろう。何でも叶えてしまう無敵のリカちゃん先生が、必ず助けてくれるだろう。そう言いきれてしまうほど、慧にはリカに対する絶対的な信頼があった。

「が、はっ……は、痛って」

落ちた衝撃で喉の奥に息が詰まる。苦しさからそれを一気に吐き出すと、咳と同時に零れ落ちた。突然空気を失った肺がきりきりと痛む。けれど、痛いのは喉と肺だけだ。

慧は不思議に思いながらも、身体を起こそうと手をつき、やっと異変に気づいた。身体が上手く動かなかったのだ。

冷たく硬いコンクリートでできた階段。それなのに、触れた手のひらから伝わってくるのは、真逆でどこか温かい。恐る恐る閉じていた瞼を開けると、そこには見えるはずのない景色が広がっていた。

「な、んで？」

思うように身体が動かないのは、どこかにぶつけたからではない。力強く抱きしめられているからだ。その正体から伝わってくる温もりを、鼓動を、慧は知っている。

「なんで……嘘、だろ？」

自分の視界に映る姿が信じられなくて、信じたくなくて手を伸ばす。

柔らかくて艶のある黒髪。いつも綺麗に整えられているはずのそれは乱れ、慧の大好きな人を隠す。どんな時も慧を見守ってくれる真っ黒な瞳も、色気のある左目の泣きボクロも、意地悪ばかりを言う唇も。全て真っ黒な髪に隠れて見えない。

「リカちゃん？」

慧が手をついたのはリカの胸元。身動きがとれなかったのは、リカが左腕を回していたからだった。

床に打ちつけるはずだった身体には、傷一つない。それもそうだろう、冷たい床との間に、リカというクッションを挟んでいるのだから。

「なあ、リカちゃん。リカちゃんってば！」

これほど近くにいるのに、慧の声が聞こえないのかリカは応えなかった。ぐったりと横たわったまま、微塵も動かずに慧を無視する。まるで、慧が驚き大慌てするまで意地悪を続けるかのようだ。

「なんの冗談だよ。こんな所で寝るなんて、リカちゃんらしくないって」

リカの左腕に囲われた胸の中で、慧は必死に話しかける。綺麗好きのリカが地面に寝転ぶなんて冗談はやめてほしい。早く立ち上がって、偉そうに笑いながら嫌味の一つでも言ってほしい。

目の前に見えるシャツを握りしめた慧の拳が震えた。起きている現実を受けとめるのが怖くて、リカの胸に顔を伏せる。触れた肌からは、確かにリカの心臓が脈打つ音が届いているのに、肝心のリカの目が開かない。声を聞かせてくれない。

「なあ、本当は聞こえてるんだろ？　そんな悪ふざけはやめろよ」

もしこのままリカの瞼が開かなかったら。悪い方向に考えてしまう自分を叱咤し、慧は腕の中から強引に抜け出した。リカの傍に両膝をつき、その様子を見下ろす。

力の抜けた右手。袖口から見えている腕時計の文字盤は割れ、時計の針は数分前から動いていない。寝ているのかと錯覚するほど、静かに横たわっている。

リカの横顔はいつもと変わらないのに、いつもと違いすぎる状況が怖かった。触れたら、その瞬間に壊れてしまいそうで躊躇う。揺さぶって強引に叩き起こしたいのに、それをしてしまったら最後のような気がする。

ただ佇むしかできない慧の肩に、誰かの手が乗る。それは慧以上に震えていて、見上げた先の

顔は、悲愴を色濃く表に出していた。

「兎丸君……」

慧の名前を呼んだのは狐坂だ。けれどその先は続くことなく、狐坂の目が慧を映すこともない。狐坂の視界にあるのは、未だ微塵も動かないリカだった。

「獅子原先生は」

大丈夫ではないことはわかっていて、何を問おうとしたのだろうか。そんなことを聞かれても、きっと慧は何も答えられないだろう。

言葉を止めた狐坂は、慧の肩に置いた自身の右手を見つめる。

慧が落ちていく時、狐坂が咄嗟に掴んだのは、慧ではなく手摺だった。ふらつく自分を助けようとした少年ではなく、我が身を支えることを優先した。

「……っ」

狐坂は唇を噛みしめる。

誰だって、他人よりも自分の方が優先順位は高い。それが血を分けた家族ならまだしも、慧と狐坂の関係はただの生徒と教師だ。それも狐坂は教育実習生で、慧と知り合ってから日が浅い。だから、これは不可抗力で仕方のないこと――そう思えたなら、どれだけ楽だっただろう。

今、狐坂はそれとは正反対のことを考えていた。いや、考えさせられていた。

あの瞬間。助けることを諦めた慧の手を、誰かが掴んだ。自分とは違い、巻き添えを食うことを厭（いと）わない手が、慧のそれを掴む様子を狐坂はしっかりと見た。

――慧。

いつもの余裕など感じさせない、切羽詰まった声。狐坂が聞いたのは、どれだけ愚弄しようと怒らなかったリカの、初めての大声だった。

手摺に掴まって蹲る自身の目の前で、守りたかった生徒を抱えた男が落ちていく。狐坂はそれをただ見ていただけ。慧を抱えたリカが床に叩きつけられる鈍い音を、ただ聞いていただけ。

それしかできなかった自分が、何と声をかければ良いのだろうか。言葉なく握った拳が痛いだなんて、思う資格すらないというのに。

「先生……、狐坂先生」

弁解と自責で頭がパンクしそうな狐坂を慧が呼ぶ。その呼称にまだ『先生』がつけられていることに、狐坂は泣きたくなった。自分を見捨てた相手に、そんなものをつけなくても良いのになりふり構わず罵倒して、殴りつけてくれても良いのに。

「先生。リカちゃんが、起きない。全然動かないんだ、けど」

ぽつり、ぽつりと落とされる慧の言葉が狐坂の胸を痛めつける。頑なに状況を拒むその様が、どれだけ慧がリカを想っているのかを表しているように思える。

「兎丸君……兎丸君に怪我は?」

「ない。俺はどこも痛くないけど、でも、リカちゃんが」

みるみる震える慧の声。それは声だけに留まらず、肩も、宙に浮いたままの手にも伝わっていく。縋りついたら最後だと言わんばかりに、心許なく揺らぐ手が痛々しくて、狐坂はそれを包もうとした。せめて、それぐらいはしてやりたいと思ったのだけれど。

狐坂が行動に移す前に、慧の震えが止まる。

「慧」

慧のものよりも一回りは大きい手が、震えごと全てを奪う。骨ばっているにもかかわらず滑らかな肌。その長い指先が、狐坂から唯一できる仕事を取り上げた。

包み込むリカの手は、いつもよりずっと力が弱い。それなのに、不安や心配が一瞬にして吹き飛ぶのを慧は感じた。

「リカ、ちゃん？」

「弱々しい声。誰かに苛められたみたい」

「……っ、リカちゃん」

「誰？　俺の慧君を苛めたのは、どこの誰だろうね」

薄く目を開け、小さく微笑むリカを見つめる慧の目が潤む。リカはそれを拭おうと、慧に触れるのとは反対の右手を上げようとした。けれど叶わず、強い痛みが襲って顔を顰める。

眉根を寄せ、呻き声を上げたリカに狐坂が駆け寄る。そっと身体を起こしてやれば、狐坂の手を支えに座るリカが息を吐いた。

「右手、やっちゃったかも」

だらりと垂れたままの右手を、慧と狐坂は同時に見た。それは腕時計こそ壊れているものの、一目見た限りでは異変は見受けられない。

「右手がどうかされたんですか?」

視線はそのまま、狐坂が訊ねる。するとリカは、苦笑いで答えた。

「じっとしている分には問題ない。動かすと痛いから、折れたか、ひびが入ったか……階段から落ちたにしては運が良かったかな」

あっけらかんと言ったリカの顔は白く、その痛みが尋常ではないことがわかった。そのことに、本人よりも二人の方が慌てる。

「折れ、おっ、折れたって！　それ重症だろ！」

「そうですよ！　早く保健室に行かないと。それより先に病院ですか?!」

すっかりと涙が引っ込んだ慧の怒鳴り声。狐坂もそれに釣られて珍しく大声を上げ、何事かと人が集まってくる。いくら昼休みの人気のない場所とはいえ、こうも騒いでしまえば致し方ない。

人が人を呼び、ついには他の教師までやって来て、現場は騒然となった。階段の元に座り込み、痛む右手を押さえるリカと、その周りで慌てふためく慧と狐坂。周囲にはリカが慧を助ける時に放り出した教科書やプリントが散乱し、それを取り囲むように人だかりができる。

「とにかく、病院で診てもらうから。一応、兎丸も一緒においで」

自分の足で立ち上がったリカが、動かせる方の左手を差し出す。慧は、自分に向けて出された手を見つめ、首を傾げた。

「なんで俺も？」

「お前はバカか。兎丸だって落ちたんだから、検査しなきゃ駄目に決まってるだろうが」

「でも、俺どこも怪我してないんだけど」

このまま学校に残れば、何が起きたのかを聞かれるに決まっている。嘘のつけない慧が、それを上手く躱せると思えなかったリカは、ひとまず慧をこの場から逃がそうとした。そんなリカの考えなど伝わるはずもなく、慧は突っ立ったまま動かない。

「いいから。お前は俺と一緒に来ればいいんだよ」

左手を慧の肩に回し、この後の言付けを残してリカは立ち去る。その際、一瞬だけ狐坂と視線を合わせ、声に出さずに告げる。

その言葉は『秘密』。自分たちのことも、今起きたことも、全て秘密にすること。しっかりと受け取った狐坂は、目を伏せ逡巡した後、小さく頷いたのだった。

＊　＊　＊

保健医に付き添われたリカと慧が去った後、残された狐坂は、一連の説明をする為にその場から移動した。重たい足をなんとか動かし、応接室へと向かう。部屋の中には狐坂の他に、教頭を始めとした数人が揃っていた。

「狐坂先生、何があったのか説明を」

それを言ったのは誰だろうか。ぼんやりと狐坂は考える。

リカは秘密にしろと言い、自分はそれに頷いた。しかし、本当にそれで良いのか迷う。この場には学校の偉いどころが集まっていて、告発するなら今が一番のチャンスだろう。それがわかっているのに、口が動かないのだ。

誰かの為に身をていすることは、簡単のように見えて難しい。実習が台無しになってでも兎丸慧を守ろうとしたはずなのに、すんでのところで自分の保身を選んだ狐坂は、それを身に染みて痛感していた。そして、見せつけられた。

最後の最後まで、慧を優先するあの行動。慧が無事なのは誰が見ても明白で、わざわざ病院に連れて行かなくても良かっただろう。それでもそうしたのは、残される慧を思い憚ったからに他ならない。

きっとリカがとるべき最善の選択は、あそこで慧を残して自身の擁護をさせることだっただろう。自分のいない間に、狐坂が余計なことを言わないよう、慧に見張らせるべきだった。でも、それをしなかった。

――獅子原先生は自分の今後よりも、今すぐ兎丸君を安心させることを選んだ。

狐坂は項垂れ、強く瞼を閉じる。その後に上げた顔は、腹を括った男のそれだった。

「階段を降りている兎丸君に僕が話しかけ、振り返った彼がバランスを崩したのが始まりです。それを偶然通りかかった獅子原先生が、間一髪のところで助けてくださいました。全て、足場の悪い場所で話しかけた僕の責任です。申し訳ありません」

深く頭を下げ、先ほどよりも強く、これでもかと強く目を瞑る。そうでもしないと、無様な涙を零してしまっただろう。

「狐坂先生も反省していることですし。後は獅子原先生にも話を伺って、細かいことはその後で良いのではないでしょうか」

柔い声で狐坂を庇ったのは学年主任だった。その声の元を辿った狐坂と目が合うと、労わるような力の抜けた笑みを向けられる。

「きっと、狐坂先生も突然のことで混乱しているだろうし。詳しい話は落ち着いてからでも」

男がつけ足した一言に一同が頷く。狐坂はすっかり忘れていたが、まだ昼休みが終わったところで、午後の授業が残っている。

ぞろぞろと部屋から出て行く背中を見送り、ほっと息を吐いたところで残った主任の男が狐坂を呼んだ。

「獅子原先生、心配だな」

「……はい」

「特に狐坂先生に可愛がられていたから」

窓際まで歩いた学年主任は、閉じられていたカーテンを開いた。部屋に入り込む白い光は、梅雨時期のものとは思えないほど強い。窓から狐坂を振り返った男が、小さな笑い声を漏らす。

「その顔は信じてないな。もしかして狐坂先生は、獅子原先生のことが苦手？」

口調も声も穏やかなのに、有無を言わせない雰囲気。それを感じ取った狐坂は、無言で頷いた。

担当の指導教諭を苦手と言うなんて、咎められても仕方ないだろう。けれど主任は、狐坂と同じように数度、頷く。

「その気持ちわかる。獅子原先生、ちょっと怖いよな」

「え、先生でもそう思うんですか？」

「思うよ。だって、たった四年で生徒指導になって、その上教頭のお気に入りで……って、いつ学年主任を奪われるのかと思うと、怖くて仕方ない」

両手を上げて肩を竦め、怖い怖いと冗談ぶって言う。それは狐坂の緊張を解こうとする、主任なりの優しさだ。学年主任の気遣いに、狐坂は肩の力を抜いて緩く微笑んだ。

「あまり心の内を見せない人だからな、獅子原先生は。でも、さっき言ったように狐坂先生を可愛がっていたのは、確かだ」

「全く実感がないです。先生の思い違いじゃないでしょうか？」

「いや、それはない。あの厳しい獅子原先生が、自分から庇うほどだから」

「庇う？」

自分を揶揄し、バカにすることはあっても、善意的なものを向けられたことは一度もない。

リカから言われたこと、されたことを思い返した狐坂は、苦虫を嚙み潰したかのように顔を顰めた。

「獅子原先生が僕を庇うなんて、絶対にあり得ませんよ」

きっと学年主任の記憶違いだ。そう首を振って否定する狐坂に男は言い返す。

「狐坂先生の評価は、君だけのものじゃない。指導する獅子原先生に向けてでもある。狐坂先生のミスは、獅子原先生のミスにも繫がる……って、考えたことは？」

「それは……」

「ないだろうな。だって狐坂先生は、いつも自分のことで精一杯だったから。別にそれが悪いとは言ってない。慣れない場所で慣れない仕事をすれば、誰だってそうなる」

優しく諭されているようで、微かな非難を受けている気分に狐坂はなった。だからリカは自分に対して手厳しかったのだろうか、そんな考えが頭を占める。

けれど狐坂の予想は、主任の続けた内容によって覆される。

「元よりオーバーワーク気味の獅子原先生に、実習生を任せるのは忍びなくてね。一度、指導教諭を変える提案をしたことがあるんだ。英語と数学、担当科目が違うのだから、大した支障はないかと思ってね」

そんなこと、狐坂はリカから聞かされていなかった。もし主任の言ったことが本当なら、リカは素直に頷けば良かったはずだ。そうすれば、狐坂はリカに付きまとうことが物理的に不可能になり、慧との仲を探るのは難しかっただろう。確かな証拠が掴めないまま実習期間が終わり、何事もなく済んだはずだった。

それなのに何故、今も自分はリカの下で学んでいるのだろうか。

「その時、獅子原先生はどう答えたんですか?」

「即答で断られたよ。狐坂先生のカバーは必ず自分がするから、待っていてほしいって。普段なら科目室を使う獅子原先生が、いつも職員室にいたのはその為じゃないかな」

職員室は禁煙だからね。つけ加えた男が、悪戯な笑みを浮かべる。それを見て狐坂は、両手で顔を覆った。

てっきり、煙たがられているのだと思っていた。周辺を嗅ぎまわる自分のことを、歓迎してくれるはずはないだろう、と。でもそれが自身の思い違いだとわかり、とても居た堪れない。狐坂の失敗を全て受け入れ、狐坂の為に余分な仕事まで引き受ける。それは、生徒を騙して弄ぶ男がとる行動ではない。

「そんなこと、僕は何も知りませんでした。誰も教えてくれなかった」

「それはそうだろうね。だって、獅子原先生が口止めしていたから。狐坂先生が知ったら気にするだろうから、どうか内密に……っていけない。俺が教えたことは、獅子原先生には内緒で頼むよ」

狐坂は、目に見えることだけを信じ、自分が正しいと疑わなかった。けれど、今聞かされたことは自身の見てきたものとは正反対のことばかりだ。

「先生、一つお願いがあるんです。獅子原先生の様子を見に、病院に行ってきてもいいでしょうか？」

前に立つ男に、狐坂は了承を請う。そうすると、快い返答が返ってきた。

今の狐坂にあるのは、真実を知りたいという純粋な気持ちだけ。それを知るべく、自らの足で一歩を踏み出した。

＊　＊　＊

狐坂が学校を出て、少しした頃。軽い診察を終えた慧は、病院の待合室にある椅子に腰を下ろした。リカはまだ処置室にいるらしく、詳しいことは教えてもらえない。

「兎丸君」

俯く慧に、病院にやって来た狐坂が声をかける。声の正体が誰か、確かめなくてもわかった慧は振り向かなかった。狐坂を見ることもせず、自身の手を見つめる。

この手が狐坂を助けようとしなければ、自分は階段から落ちなかった。自分が階段から落ちなければ、リカがそれを庇うことはなかった。そう思うと、怒りの矛先が自然と狐坂に向いてしまう。

「獅子原先生は?」

「……まだ」

刺々しい慧の声に、狐坂の表情が暗く沈む。許してもらえるとは思っていなかったが、今までの慧とは全く違う接し方に、どれほど怒らせてしまったのかを痛感したからだ。

「兎丸君、あの……その、ごめん」

人の行き交う待合室に落ちる狐坂の謝罪。慧は、詰めていた息を吐き出し、顔を上げた。

「ごめんって、なにが?」

まるで責めるような言い方だと思った。どう見ても落ち込んでいる狐坂に、さらなる追い打ちをかける問いかけ。我ながら、子供っぽい対応に呆れてしまう。

本当は、誰が悪いといった話ではないことはわかっている。狐坂は狐坂なりに、慧のことを思っての行動だったのだろう。ただ、それでも誰かを責めないと、不安でどうにかなりそうだった。悪い方向にばかり進む思考を止めるには、それしか方法が見つからない。

「狐坂先生が謝る相手は俺じゃない。俺は別に、先生になにかをされたわけじゃないから」

ふい、と顔を背けた慧に対し、狐坂は隣に座っていいか訊ねる。消え入りそうな声での許可を貰い、少し間をあけてそこへ落ち着いた。

「僕、初めて会った時から獅子原先生が怖かったんだ。憧れるとかを飛び越えて、遠すぎて怖かった。怖くて仕方がなかった」

　膝の上で握りしめた狐坂の拳が震える。慧と話している緊張からか、それとも、リカを思い出しての恐怖からかは定かではないが、どちらでも大差ないと慧は思った。狐坂がどう考えていようが、どうでもいい。本当は今すぐにでもリカの元へ行きたい気持ちを抑え、狐坂の声に耳を傾ける。

「自分と真逆の獅子原先生を、僕は心のどこかで受け入れたくなかった。優しく接してくれる兎丸君の為だって理由を付けて、先生のことを否定したかったんだ。僕はそうすることで、自分が正しいんだって自信を持てたから」

「その意味は、俺にはよくわからない。けど、俺は先生が思ってくれているほど、優しくなんてないよ」

「兎丸君がどう言おうと、僕は君は優しい子だと思うよ。だから、そんな君を弄ぶ獅子原先生が許せなかった。どんなことをしても、二人を引き離してやろうと思って……それで、あんなことに」

　ぎりり、と狐坂の歯が鳴る。食いしばった奥歯の辺りが痛むのは、最近この癖が多いからだろう。初めは悔しさからの行動だった。それが今や、自分に対する自責の念ばかりになってきている。

「なんで狐坂先生は、俺が騙されてるって思ったんだ?」

「それは、獅子原先生がそう言ったから。兎丸君との関係は、遊びだって言ったから、僕はそれを信じたけど……兎丸君のその様子だと、全部嘘だったんだろうね。騙されたのは、兎丸君じゃなくて僕の方か」

慧の知らないところで、密かに二人が交わしていた会話。リカから何も聞かされてなかった慧は、驚き狐坂を見つめる。

「それもそうか。獅子原先生なら、誰かを脅してまでしなくても相手はいるだろうし。わざわざリスクのある生徒を選ぶなんて、賢い先生ならしない」

「なんでリカちゃんは、そんな嘘を言ったんだろう?」

今度は狐坂が驚く番だった。目をぱちぱちと数度瞬かせ、慧を凝視した。その顔には「本気でわからないのか」と書いてある。

「え、俺なにか変なこと言った?」

「変というか……どう考えても兎丸君を守る為だと思うよ。先生が悪者になれば、自然と君は被害者だ。全て獅子原先生が悪くて、君はそれに嫌々従っただけってことにできるからだよ」

「そんなの違う!」

事実と異なることを言われて、慧は思わず言い返した。別に狐坂がそう思っているわけではないのに、否定せずにいられなかった。

「兎丸君がどれだけ違うって言ったとしても、誰も信じない。だって、君たちは教師と生徒で、大人と子供だ。責任をとるのも、とれるのも大人である獅子原先生だけだ」

それは悲しすぎる現実。けれど、慧がどう足掻いても変えることのできない真実でもある。不公平だと叫んだところで、誰の耳にも届かない。

対等でいたいと思うのに叶わなくて、それが悔しい。また知らないところで守られていたのだと思うと、我慢していた涙が慧から零れた。どんどん溢れて止まらず、次から次へと流れた滴が頬を濡らす。

「俺、なにも聞いてない。リカちゃんから、狐坂先生のこと、聞かされてない」

それどころか二人の関係に嫉妬までした。リカは狐坂に付きまとわれつつも、まんざらでもないのだと思っていた。そんな自分が浅はかで、こうだからリカだけが苦労するのだと、慧は自分を責める。

涙を流す慧に、狐坂がハンカチを差し出した。

「初めから獅子原先生は、君に言うつもりはなかったんだろうね。兎丸君は嘘が下手そうだし、誰かを騙したりできるタイプじゃない。その点、獅子原先生なら完璧にこなせる」

現に僕はまんまと騙されたから。そう言った狐坂も泣きそうな目をしている。

二人がどんな会話をして、リカが何を言ったのかは想像すらつかない。けれど、狐坂が怒るぐらいだ。相当なことを言ったのだろう。

リカらしいと言えばそれまでだが、そう易々と納得はできない。

「リカちゃん、もう俺のこと嫌になってたりして」

自虐的に笑う慧に、狐坂が首を振る。

「邪魔をした僕が言うのは変だけど……獅子原先生は、簡単に兎丸君を嫌いにはならないと思うよ。多分、兎丸君が思っている以上に、先生は君のことばかり見ているから」

「でも……。俺、自分のどこがいいのか、一つもわからない」

どう答えるべきか狐坂は視線を彷徨わせ、一瞬止まって小さく笑った。

「それは、僕じゃなく獅子原先生本人が教えてくれるんじゃないかな。兎丸君の先生は、厳しいけれど、すごく生徒思いで評判だからね」

狐坂が言い終わった直後か、それとも同時か。廊下の向こうから黒い人影が歩いてくる。その右手には、痛々しい包帯が巻かれていた。

「慧君お待たせ。って、狐坂先生まで来てたのか」

「リカちゃん、その手……」

「ん？　ああ、予想通り手首にひびが入っているらしいよ。けど日頃の行いが良かったからか、全治二週間の軽傷だって」

リカが持ち上げた右手は、普段と変わらず、ほっそりとしている。階段から落ちたくせにその程度で済んだのは、日頃の行いが良いのではなく悪運が強いだけではないか。狐坂と慧は、偶然にも同時に同じことを考えたが、二人そろって口を噤んだ。それは賢明な判断だった。

「動かしても痛いだけだから、包帯なんて必要ないって言ったのに。医者って大げさだから苦手なんだよ」

白い布で覆われた腕を、リカは迷惑そうに見つめる。しんみりとした雰囲気を壊すリカの様子に、慧は呆然とした。そしてすぐ、持ち直した。

「動かして痛いなら包帯して当然だろ。リカちゃんはバカなのか？」

「お言葉だけどね、慧君。本当は固定だって言われたところを、なんとか包帯で済ますよう交渉したんだよ。バカにできる芸当じゃない」

「その発言がバカなんだよ。固定でも入院でも、言われたことには従えよ」

呑気なリカに慧がツッコミを入れれば、黙って見ていた人物が吹き出す。当人は堪えようと必死だが、肩が震えていてまるで意味がなかった。

「すみません。なんだか学校での二人と全然違ってて……あの獅子原先生にバカなんて言える子がいるなんて」

「慧君は口が悪いから。バカなんて、こいつにとっては挨拶みたいなものだ」

「そうなんですね。と言いますか、さっきから呼び方が慧君になってますよ。もう隠すのはやめたんですか？」

先程までとは打って変わり、狐坂の顔に生気が戻る。それはリカの怪我が軽く済んだこともあるが、リカと慧の掛け合いを見て、余計な力が抜けたからでもあった。

「もういい。狐坂先生と慧君が一緒にいるってことは、全部バレたんだろうし。大方、俺がいない間に二人で答え合わせをしていたのは想像がつく」

リカが無事な方の左手で慧の頬を撫でる。そこにはもう涙はないが、しっとりと湿った痕跡を残していた。

「もう大丈夫だから。心配かけて悪かった」

いやに素直なリカからの謝罪。どう咎めようか考えていた慧は、不貞腐れたようにそっぽを向く。困ったように苦笑したリカは、視線を狐坂に移した。

「それで、学校の方は？」

「足を滑らせた兎丸君を、獅子原先生が助けたことになっています。詳しいことは戻り次第、だそうです」

「なるほど、可もなく不可もない感じか。狐坂先生にしては珍しく、余計なことは言わなかったみたいで安心した」

「……人聞きが悪いです。でも、今回は間違っていないので何も言い返せません」

慧と同様に狐坂も顔を顰めた。リカの苦笑が楽しげなものに変わり、くつくつと喉まで鳴らす。

「えらく素直だな。俺の性格が悪いのは、身に染みてわかっただろ？」

「ええ。それはもう痛いほど。その点に関しては、もう知りたくないです」

ゴホン、と狐坂が咳を一つ落とす。それをきっかけにし、姿勢を正してリカへと頭を下げた。

「本当に、すみませんでした。兎丸君まで危ない目に合わせて、僕は教師失格です」

「教師失格？　それはまた、どうして？」

「だって、僕は自分の出した答えしか信じなかったから。獅子原先生が見えないところで、どれほど僕を気にかけてくれていたか……知ろうともしなかった」

自分を戒めるかのように、狐坂が唇を噛む。慧はその姿を自分自身と重ね、リカのシャツを握った。ここで狐坂を励ますことができるのは、リカだけだと思った。

それに応えるかのように、リカは左手で狐坂の肩を小突く。

「一つ、狐坂先生に言っておきたいんだけどさ。俺は先生が思っている以上に、有能な男なわけ。他人がどうこう言おうが、俺は俺の感じたことに従って行動する。この意味、わかるか？」

「え？　いえ、全く」

「確かに狐坂先生は不器用で要領が悪くて、気も小さいし思いきりがない。発想力って言うのかな、そういうものにも乏しい」

慧は、どうしてこのタイミングで毒を吐くのだと内心でリカを責めた。けれどそんな慧の心配をよそに、リカの表情はひどく優しい。一人の指導教諭として、狐坂を正面から見据えている。

「確かに狐坂先生には足りないものが多い。でも、それは今後いくらだって補える。教師にとって肝心なのは、どれだけ経験と知識を積んでも得られないことだと、俺は思う」

一息置いたリカは続ける。

「たった一人。たった一人の生徒の為に、先生は行動できる。歯向かえば自分がどうなるか理解していて、それでも意志を貫ける。そういうものって、誰もが持っているわけじゃない」

「獅子原先生……」

「今回は特別に言ってやるけど、こう見えて俺は狐坂先生のことを評価してるよ。じゃなきゃ、自分に逆らう生意気な実習生に『先生』なんてつけない。きちんと一人の教師として接してきたつもりなんだけど、それは伝わらなかったかな?」

緩く笑って問いかけたリカの言葉を聞いた瞬間。狐坂は声を上げて泣いた。そして、しばらく涙を流し続け、ようやく落ち着いてから笑顔を見せた。それは、気弱で相手の顔色ばかり見ていた狐坂の、初めての満面の笑みだ。

リカが悪者になったのは、慧を守る為だけではない。萎縮していた自分と対峙することで、狐坂が強くなれると思ったからだ。その思惑通り、狐坂は自分の意見を言えるようになった。苦手だったリカに歯向かってでも、自分の考えを貫いた。

そこまでやってのけたリカを慧は誇らしげに見上げる。そして、まだまだ隣に立つどころか、その背中にすら追いつけないことを、今だけは嬉しく思った。

「さあ帰るか」

リカに促され、慧と狐坂も病院を出る。背後に並ぶ二人の晴れやかな表情に、リカの浮かべるそれも自然と綻(ほころ)ぶのだった。

3

教育実習が終わったその週末。最後のバイトを終えた慧は、店長を始めとする従業員に別れを告げ、店の裏口から出た。そこから大通りに続く一本道を抜けると、見覚えのある人影がガードレールに凭れて待っている。

「そろそろ終わるかと思って迎えに来た」

片手では満足に働けないと、珍しく週末の二日とも休んでいるリカだ。初夏を感じさせる白の七分袖のシャツに、細身のデニム。手首に巻かれた包帯以外は、特に何の変哲もない格好。それなのに様になっているのは、恵まれたスタイルのおかげだろう。

「連絡するって言ったのに」

「一秒でも早く慧君に会いたくて。それぐらい言わなくてもわかれよ、バカウサギ」

甘いのかそうでないのか、微妙な台詞に慧の胸が疼く。いくら一緒にいても足りない。今もずっと欲しくて、明日はもっと欲しくなる。一日が二四時間ではなく、その倍あればいいのに、と思うほど慧はリカと二人の時間を渇望する。それを口に出して言うことは、もちろんないが。

「それで？　バイト終わりの俺を連れ回すんだから、すげぇ場所に連れて行ってくれるんだろうな？」

車の運転ができず、その代わりにタクシーを止めようとするリカに向かって慧は話しかけた。

「すごい場所っていうのが抽象的すぎるよ、慧君」

「そこは雰囲気で察しろ。もっと俺を理解する努力が必要だな、リカちゃん」

「じゃあ慧君はもっと言葉を学ぼうな。ってことで、次の国語のテストは、目指せ九〇点」

そんな言い合いをしながら、止めた車に乗り込む。運転手に早口で目的地を告げたリカは、窓から外を眺めた。

後から車に乗った慧の傍にあるのは、リカの左手。それに触れたくて、でも人前で触れて良いわけがなく、慧は堪える。

言葉にできない分の気持ちを、行動で表さなければ一杯になって溺れてしまう。うずうずと身じろぎ、それでも躊躇う慧に気づいたリカが、ふっと吐息を零す。

「慧君、手が痛い気がする」

「え?!　大丈夫なのか？」

「大丈夫じゃない。でも、慧君が慰めてくれたら治る……気がする」

目を閉じ、うっすらと笑ったリカが、慧へと手を伸ばした。バックミラーに映らない角度で、慧の指にリカのそれが絡む。何にも覆われていない、素肌。少し冷たい指先が懐かしく、慧は絡んだ指に力を込めた。

「リカちゃん、どこに行くつもり?」

照れ臭さをごまかすように、話を切り出す慧の声。それにリカは「秘密」と答えた。どこまでいっても秘密主義な恋人に、慧の悩みは尽きない。けれどリカのことで悩めば悩むほど、向けられる愛情の深さを思い知らされる。

「また秘密かよ。リカちゃんってワンパターンだよな」

「そのワンパターンを読めない慧君に、特別ヒントをあげよう」

「ヒント?」

「一つ目、空腹なウサギさんの為に、そこで食事を摂ります。二つ目、バイトで疲れているウサギさんの為に、そこで休むこともできます。そして三つ目」

伏せられていたリカの瞼が上がり、蜂蜜よりも甘い黒の瞳が慧を映す。街の明かりを受けたそれは、きらきらと輝き幻想的な光を放って見えた。

信号で車が停まる。停車に合わせて座席の背凭れから身体を起こしたリカは、流れる所作で慧の唇に自分のそれを重ねた。間近に見えたそれが細く弧を描き、離れた温もりが耳元へと最後のヒントを告げる。

——三つ目、ウサギさんのことが大好きな俺のわがまま。誰にも邪魔されず、二人きりでいたい。

　返事の代わりに慧が返したのは舌打ち。けれど絡んだままの指と、真っ赤に染まった耳輪の所為で、その効果は皆無だ。

＊　＊　＊

　誕生日には夜景の見えるホテルでディナーを食べ、熱い夜を二人で過ごし、ベッドの中で朝を迎える。女子ならば一度は経験してみたいであろう夢の時間。いや、女子でなくても恋人からのプレゼントなら、男でも嬉しい。例に漏れず、物事に冷めている慧も、リカにされたら喜んでしまうだろう。

　けれど、それは時と状況を選ぶ。

「なんでリカちゃんの誕生日に、祝われる側のお前がホテルの部屋とってんだよ。こういうのは普通、祝う方がすることだろうが」

　白で統一されたホテルの一室に通された慧は、ソファで煙草の煙を燻らせている男を睨みつけた。

　バイト帰りの普段着が酷く似合わない最高級のホテル。リカによって強引に連れ込まれた慧は、なぜか部屋の隅にいる。部屋には自分とリカしかいないのに、警戒心がなかなか解けない。

「慧君が予約したら、サプライズにならないだろ」

萎縮する慧とは真逆に、自分のペースを全く乱さずにリカが答える。その返答が、余計に慧の機嫌を損ねた。

「今日はお前の誕生日祝いなのに、俺を驚かしてどうする？　ああもう……とにかく、ここの支払いは俺がするからな！」

「はいはい。できるものなら、好きにどうぞ」

もちろんリカは慧に払わせることはしない。チェックインの際に、慧に見られないよう事前払いを済ましてある。それを言えばさらに慧を怒らせることは明白で、リカは話をすり替える為に未だ部屋の隅にいる慧を呼んだ。すると慧は、備えつけの備品に触れないよう、恐る恐る歩み寄ってくる。その行動に零れそうになる笑いを、煙草を吸うことでごまかした。

「食事もできて休めて、二人きりで過ごせる。ほら、俺の言った通りの場所だろ？」

「そうだけど……って、それって家でもできたよな？　わざわざ、こんな所に来なくても良かったじゃねぇかよ！」

「おや、ウサギさんにしては頭の回転が速い。明日は雨だな」

「っ、バカにすんな！」

どうして、この男はこうも性格が悪いのだろうか。慧は、細く煙を吐き出すリカを見下ろして考えた。

甘やかしたと思ったら突き放し、優しい言葉を囁いたと思った次の瞬間には、意地悪を言う。恋人である自分にすら腹の内を見せない。リカ自身はサプライズだと言ったが、度が過ぎると慧は思った。

「今はただお前が腹立つ」

リカの隣に座った慧は、肘掛けに頬杖をついてこれでもかと不機嫌さをアピールした。あえて人一人分の距離をあけたのは、慧なりの悔しさの表れだ。

「なんでそこまで怒るかな」

吸い終えた煙草を消したリカが、二人の間にあった距離を詰めた。そうすると慧は、もっと端に寄り、横目でリカを睨む。

「リカちゃんには一生わかんねぇよ」

自分では考えの及ばなかった展開。たとえ及んでいたとしても、慧一人では実行できなかっただろう。

こうして二人の差を感じると、慧はどうしても卑屈になってしまう。それが原因で喧嘩した記憶は新しいのに、また同じことを繰り返す。いつまでもそんなことを続けては駄目だとわかっているのに、気づけば僻(ひが)みばかりを口にしてしまうのだ。やめろと制御する頭を、心が無視する。

「リカちゃんに、俺の気持ちなんて絶対わからない」

噛みしめた慧の下唇に血が滲む。楽しいはずの時間を台無しにする自分を律するかのように、慧は傷跡に歯を立てた。

「確かに俺は、わかってやれていないかもな」

リカはゆっくりと立ち上がり、慧の前に立った。ローテーブルとソファの間にしゃがみ込み、下から慧の顔を覗く。

噛み痕がつくほど傷つけた唇。寄せられた眉に、必死に視線を外そうとする瞳。それに何とか自分の姿を映したくて、自由の利く左腕を伸ばす。

「でも、わからないで終わらせるつもりはない。嫌なことは嫌だって、素直に言ってくれていい。気に入らないことを我慢して、無理される方が辛い」

「リカちゃん……」

「一〇歳も年下の恋人に飽きられないか心配なんだから、それぐらい言って。少しは頼ってもらわないと、格好がつかないだろ」

膝立ちになったリカは、慧の腰に腕を回した。そのまま突っ伏し、太腿に額を押し当てる。伏せた頭の上では慧が戸惑っている気配を感じるが、顔を上げることはできなかった。

今顔を上げてしまったら、縋りついていることを知られてしまう。だから、せめて声だけは冷静を装う。

「嫌われたくなくて必死なんだよ。慧が思ってくれているほど大人でもないし、余裕だって本当にあるわけじゃない」

「リカちゃん、あの」

「いいから最後まで聞け」

かけようとした言葉をぴしゃりと制され、慧は黙る。少しの沈黙の後、気を静めたリカがようやく顔を上げた。その瞳は慧を正面から捉え、ふわりと和らぐ。

「俺に自信がつくまで、もう少し格好つけさせて。お願い」

背筋を伸ばしたリカが、掬(すく)い上げるように慧の唇を奪う。触れ合ったところから溶けてゆくような、そんな感覚に慧は目を閉じた。

じんわりと緩やかに広がっていく、穏やかな温もり。それは、心と心が合わさって初めて生まれる。慧と同じ不安を、リカも感じていた証拠だ。

どちらも自分が合わせないと、と必死になって、二人の中間地点を探そうとしなかった。

慧が無理に合わせればリカが不安になり、リカが合わせれば慧が焦る。お互いの不器用さに笑ってしまったのは、慧が先か、それともリカか。それはわからないけれど、重たかった空気が一変して甘いものに変わった。


「ところで、慧君。今日って俺の誕生日祝いなんだよな?」

重ねるだけの口付けを何度か交わした後、慧の隣へと座り直したリカが、そう切り出した。

「え? ああ、うん。一応そのつもりだけど」

「じゃあさ、肝心の『アレ』貰いたいんだけど」

誕生日に貰う物。いわゆる『誕生日プレゼント』で間違いないだろう。慧は、リカの催促する物がわかって顔を引き攣らせた。なぜなら、それは慧の手元にないからだ。

ネットや雑誌でリサーチし、何件も店を回って、物自体は手に入れた。リカが持っていても違和感がなく、けれど慧が買える範囲のシガレットケースを用意した。

でも、手元にはない。その理由は簡単で――。

「家にあるから渡すのは帰ってからな」

そう、慧はプレゼントを持ち歩いていなかった。きちんと自宅に保管してあり、本来ならバイトを終えて、家に帰ってから渡す予定だったのだ。

さらりと告げた慧は、テーブルに置かれているルームサービスの案内を手に取った。バイト終わりの空腹が、そろそろ限界を訴えてくるのを感じる。

「リカちゃん、晩飯って何時から？　お前のことだから、どうせ予約してるんだろ？」

ちらりと時計を見ると、まだ一六時を回ったところ。この時間なら、おやつにしようとケーキのページを物色する。

「リカちゃんもケーキ食べる？　俺、苺のタルトとチーズケーキで悩んでるんだけど」

「慧君」

「あー、でもパフェも捨てがたい……って、なんで脱いでんだよ?!」

名前を呼ばれた慧が顔を上げれば、どうしてか上半身裸のリカがいた。いつの間に脱いだのか、そして脱ぐ理由も全くわからないまま、手を引かれる。

その足が向かったのはバスルーム。一切の説明もなしに浴室に連れ込まれ、抗議する隙も与えられずシャワーの水が浴びせられる。

「なに考えてやがる?!」

「疲れたから風呂に入って、夕飯まで寝ようかと思って」

「それなら一人で入れよ！」

リカが慧の目線に合わせて右手を上げる。白い布が巻かれた右手を見せ、にっこりと微笑んだ。

「へえ。慧君は慣れないバスルームで俺が苦労して、怪我が悪化してもいいんだ？ せっかくの誕生日祝いのデートでプレゼントも貰えず、怪我も酷くなるなんて……へえ」

「っ、最悪。そんなの脅しじゃねぇか」

「別に脅すつもりはないけど。誰かさんが手伝ってくれないなら、我慢するだけだから気にしなくていいよ」

そう言われて、はいそうですかと返せるわけがない。自分を庇って作った怪我を見て見ぬふりができるほど、慧は傍若無人ではなかった。

慧の着ている服は、上下ともずぶ濡れ。もちろんシャワーを持つリカも濡れていて、いつまでもこうしていたら、明日には二人とも風邪をひいてしまうだろう。実力行使にも程があると思いつつ、慧は渋々頷いた。

「慧君との楽しいお風呂タイムの為に、湯も溜めよう」

嬉々として浴槽に湯を張るリカの姿は、怪我人のそれとは思えない。慧は、背中を向けるリカを蹴ってやろうかと思った。実際にそれをしないのは、プレゼントを忘れた負い目があるから。決して、一緒に風呂に入ることを喜んでいるわけではない。

「さ、慧君。先に身体を洗おうか」

「お前……嬉しそうだな」

肌に張りついている慧の服を、リカは左手だけで脱がせる。その手際の良さに、慧は呆れた。

「なあ、いくら左利きだからって、器用すぎないか？」

慧が感心した理由は、リカが片手だけでも不便を感じていないことだ。普通ならば、腕一本のみだと困るのではないだろうか。けれど、リカは怪我をしているにもかかわらず、問題なく生活できている。さすがに料理はできないが仕事はしているし、食事だって一人で食べている。

どうしてそのことに気づかなかったのか、慧は額を押さえた。いくら軽傷だと言っても、おかしいことだらけなのに。

「確かに、その点では人より器用かもね。それから、俺は左利きじゃなくて両利きな」

「……なるほど、納得」

何でもできるリカちゃん先生だ。今さら両利きというスキルが追加されたところで、何も驚きはない。

そうしている間にも大きな浴槽に湯は溜まっていく。脱ぎ捨てられ、無残にも隅に追いやられた服を、慧はぼんやりと眺めた。一度決めたことは貫き通すリカに、どんな苦言を呈しても無駄なのだ。知りたいと思ったことはなかなか見せてくれないくせに、こういうところだけはわかりやすい。

「お手をどうぞ、お姫様」

先に浴槽へと足を踏み入れたリカが、左手を差し出す。それを撥ね除けた慧は、ざぶざぶと音を立ててリカのいる方とは反対側に入った。

「慧君、こういう時は笑顔でありがとうって言うんだよ」

「ふざけんな。俺は男だ、女扱いしてんじゃねぇ」

「女扱いじゃなく、お姫様扱いしてんの」

どう違うのだ、と慧は言い返したくなった。けれど言わなかったのは、その台詞よりも先に言うべき言葉ができたから。

「お前！　なんで同じ場所に座ろうとすんだよ！」

場所を移動したリカが、慧の背中を押して身体を滑り込ませる。一応は気を遣っているのか右手を浴槽の外に投げ出し、左腕だけで背後から慧に抱きついた。

慧の肩に顎を置き、定位置を決めたリカが口を開く。

「慧君、今回は無事に済んだからいいものの、今後はもっと気をつけること。お前が階段から落ちそうになった時、時間が止まったように感じた。大げさだって思うかもしれないけど、本気でそう思った」

慧を腕一本で抱きしめるリカの身体が震える。一言、また一言と噛みしめるようにして言葉を紡いでいく。

「初めてなんだ。自分でもびっくりするぐらい、本当に初めて」

「初めてって、なにが？」

慧は振り返ってリカの表情を見ようとした。その動きを封じたのは、ちくりと首筋を刺した痛み。慧の首に吸いついたリカが、赤い痕を残す。

「慧が傷つくのが耐えられない。身体の傷も心の傷も、俺が代わってやれるのなら何でもする。痛みも苦しみも全部俺が身代わりになりたい」

痕を残し、舌先で馴染ませて次へ移る。一つ、二つと残していく仕草は、まるで慧が逃げられないようにする為の首輪代わりだと言わんばかり。増えていく痕の数だけ、抱きしめる力が強くなる。

「非難されるのも責められるのも俺だけでいい。お前を守ることが俺の最優先だから。その為なら、俺は何でもする」

これほどまで想ってもらえることは、きっと幸せなのだろう。けれど、慧は複雑な気持ちになった。

嬉しいのだけれど、手放しでは喜べない。それを訴えるかのように首を振ると、今度は肩に歯を突き立てられる。甘く噛むその牙は、痛めつけない程度に慧を咎める。

「慧は何か勘違いしていると思う。俺たちの関係で、俺が責任とるのは当然だ」

「でも、それじゃあリカちゃんばっかり苦労する」

「俺は別にそれを苦だとは思わないし、もし思うようなら初めからお前を選んだりしない」

それは嘘偽りないリカの本心だ。二人の置かれた立場を考えれば、リカが全ての責任をとることは、どう足掻いても覆ることはない。

だから慧は迷う。どうして自分なのだろうと思い、どうしたらいいのか答えが見えずに動けなくなる。そんな慧に答えをくれるのは、やっぱり一人だけだった。

「わがままで怒りっぽくて、素直じゃなくて、その上トラブルメーカー。これだけ条件が揃っていて、今さら何が増えて嫌になるって言うんだよ」

「そんなの聞かれても、俺にもわかんないけど。もしかしたら、どうしても嫌なところができるかもしれないだろ」

「例えば?」

例えば……何だろうか。訊ねられて慧は考えた。

リカが嫌がるのは、他人に触れられること、偉そうに言われること。けれど、そのどちらも慧は既にクリアしてしまっている。

「ほら、見つからないだろ？　ということは、俺が慧を嫌いになることは絶対にない」

くすくすと笑い、それでも優しい声でリカは言う。

「絶対に嫌になんかなったりしない。慧の想像以上に一途な男だからね」

「そういうの、自分で言ったら駄目だと思うんだけど」

「大丈夫、骨の髄までしゃぶり尽す勢いだし。言っておくけど、俺、すごく重たいから覚悟しておいて」

そう言って慧の頬に手を宛がい、啄むキスを繰り返す。それは瞼から始まり、鼻先、頬、唇へと移動した。くすぐったさに身を捩る慧の耳輪を食み、輪郭に沿って舌を這わす。

「リカちゃん、ちょっと待って」

「無理。もう止められないから最後まで」

「でも包帯が濡れる……っ、から」

「濡れたら乾かせばいいだけだろ。それに、慧君が協力してくれたら平気」

せめてベッドに移動しようと促す慧に、スイッチが入ったリカは攻めの手を止めない。

「協力って、俺になにをさせるつもり?·」

「何って全部だよ、全部。だって今日は俺の誕生日祝いなんだからね」

それは狡猾なリカらしく、慧の弱いところをついた要求だった。誕生日を盾にとられては、頷くしかないのだから。

＊　＊　＊

透明な湯の中で、優雅に背を凭れたリカの左手が自由に泳ぐ。向かい合って座る体勢をとった二人は、お互いの身体を好きに触ることにしたのだが、慧の手は先ほどからぴくりとも動かなかった。

どこを、どういう風に触れば良いのかわからない。

「風呂でするセックスの利点は、声がよく響くところだな。慧君の可愛い声が、いつもより近くに聞こえる」

「やだ……そんな、んっ」

強く乳首を抓られれば、自然と腰が跳ねる。弾けた水面から飛んだ飛沫が、リカの髪から頬にかけてを濡らした。濡れた前髪を掻き上げたリカがフッと笑えば、その色香にあてられた慧の頬に朱が走る。

「慧君。慧君は触ってくれないの？」

指の腹で胸の頂を潰しながらリカが囁くと、遠慮がちに慧の手が動き始める。とは言っても、手のひらを胸に添えただけ。愛撫とは程遠いそれに、リカは苦笑した。

「触るのが無理なら、慧君からキスして」

「なっ、そ、無理に決まって」

「まさか無理だなんて言わないよな？　あれだけ祝ってやるって啖呵切ったんだから、ここで逃げ腰になるなんて……なあ？」

ひっそりと含み笑いをし、口角だけを上げた嫌味な顔。見え見えの安い挑発だが、慧の負けん気に火が点いた。

「当然だ！　俺は、やると言ったらやる！」

「それでこそ慧君。その潔さに惚れ直すよ」

潔いと言うよりは単純すぎるのが正しいのだけれど。すっかりその気になった慧は、リカとの距離をぐいと詰めた。

キスなんて、もう数え切れないほどしている。息するように口説いてくるリカに、濃く深いものを教え込まれてきた。それを自分からすればいいだけなのだから、何も難しいことはない。

目と鼻の先にあるリカの唇。薄く赤いそれに、そっと自身のものを重ねる。

「これだけ？」

「うるさい。これからなんだから、おとなしく待ってろ」

一度離して、また触れて。慧は僅かに開いた隙間から、舌を覗かせた。リカの口唇の表面を撫で、軽く突いて中へ入れさせろと促す。素直に招き入れてくれた口内は、恐ろしく熱い。

「んっ……ふ、ん」

いつもとは逆の立場。今まで受けるばかりだった愛撫を、自分が施しているのだと思うと興奮する。慧のその昂り(たかぶ)はリカにも伝わり、休んでいた指の動きが突然に再開された。

「やっ、あ……んんっ、んう」

反対の乳首に移動したリカの手が動けば、置き去りにされた片方が戻ってきて、と主張する。けれど今のリカは片手しか使えない。

もどかしい。どちらにも欲しいのに、それが叶わなくて慧は意地悪をされている気分だった。

「リカ、ちゃ……んっ、ん」

息継ぎの合間に名前を呼べば、微かに開いた唇の隙間から透明の糸が垂れる。それは二人が交換し合って増えた、お互いの唾液だ。顎を伝うのも構わず、舌先を擦り合わせて会話を続ける。

「ん、なに?」

「胸、片方だけじゃやだ」

「そう言われても、これじゃあ何もできないし。両方弄ってほしいならキス、やめる?」

「嫌だ、それもやだ」

困ったように、けれど嬉しそうに笑うリカが慧は憎い。片手が使えないリカにすら勝てなくて、その悔しさを隠す為に黒い頭を抱きかかえた。柔らかなリカの髪が水に濡れ、黒々と艶を増す。

「慧君、ちょっと腰を浮かせて」

言われた通りに慧が腰を上げれば、すかさずリカの左腕がその身体を抱き寄せた。より近くなった距離に、不安定に浮く身体。咄嗟に身を屈めた慧を、これ幸いとリカは壁際へと追いやる。浴槽の端から端へ移動して、今度は慧が追い詰められる番になった。

「そのまま上がって。それだけスペースがあれば座れるから」

慧の身体を浴槽からずり上げたリカは、余裕をもって作られた縁へと慧を座らせた。人一人ぐらいなら座れるほどの広さが設けられたスペース。本来ならアロマキャンドルやグラスを置く為の場所に、慧は腰を下ろした。

「初めからこうすれば良かったんだよな。これなら、思う存分できる」

膝立ちになったリカが慧の胸に顔を埋め、片方は手で、もう片方は舌で攻める。水分を含んで柔らかくなった慧の肌が、指と舌の動きによって歪に形を変えた。ぷっくりと尖った先端に走る痺れが気持ち良くて、慧はリカの身体に覆いかぶさっていく。

「やっ、それやだっ……や、あっ」

「慧君の嘘つき。こうして噛まれるのが大好きなくせに」

「好きじゃなっ、う、あっ、ああっ」

言葉とは裏腹に、乳首を噛まれる度に慧の腰は跳ねた。その刺激は前にも伝わってきて、どうしようもなく、慧を追い立てる。

「リカちゃ、んっ……あ、熱い」

「慧君のやだは、イイだもんな。だからもっとしてあげる」

肌が真っ赤に変わるほどの刺激。鈍く痛いその感覚が堪らない。

「は、あっ……んん、あ」

ひっきりなしに声を上げ続ける慧に、リカは休む間もなく愛撫を続ける。

「リカちゃんっ、リカ、ああっ、あっあ」

「慧君のその甘えた声、すごく好き。俺だけしか聞けないって思うとゾクゾクする」

「やだ……言うな、そんなこと言うなっ」

「こっちも触ってほしい？」

二人の間で存在を主張していた慧の性器に、魔の手が伸びる。待ちきれなくて涎を垂らしていたそれが、期待して新たな蜜を零した。

「ほら、足を広げて。もっと良く見せて」

内腿を大きく開かれ、慧はリカに全てを見せる形をとらされる。打ち震える自身も、その奥にある蕾も、何もかもを。

「嫌だ、こんな体勢やだっ」

「でも見えなきゃ何もできない。慧君が自分でシてくれるなら話は別だけど」

自分で、とは何をだろうか。絶句した慧は、目を大きく見開いて固まった。そんな慧の下腹部をねっとりと撫で上げ、リカは妖艶に囁く。

「慧君が頑張ってくれたら、すぐにでも一緒に気持ちよくなれるよ」

「頑張って……って、なに、を」

リカの指が慧の手を捕まえる。水だけではないもので濡れた茂みを撫で、硬く育ったものの根元を通り、奥へと移動する。

二人が共に悦くなる為の場所。後ろの蕾へと誘ったリカは、慧の指を一本、また一本と折った。人差し指と中指だけを残し、それを熟れた入り口へと宛がう。

「ここ、自分で準備して」

「じ……ぶんで？」

「そう。慧君が自分の指でぐずぐずに溶かして」

そんなの絶対に無理だ。激しく首を振って拒絶する慧に、リカは甘えるように「ね、頑張って慧君」と強請る。まるで見てくれとでも言うように足を大きく広げ、自分でリカを受け入れる為の準備をするなんて、慧にはレベルが高すぎた。

「無理っ、そんなの絶対に無理」

「でも、片手だけじゃ満足にできなくて、慧君を傷つけるかもしれない」

「だからって……そんなの……っ、ずるい」

「大事な慧君に傷をつけたくないから。ね、これも誕生日祝いだと思って、お願い」

軽く指を潜らせれば、慧の身体は勝手に感覚を思い出す。どのタイミングで力を抜くのか、どこを擦れば気持ち良いかを覚え込まされている。

羞恥を乗り越え、自然と埋まっていく指先。いとも簡単に第一関節を飲み込んだそこは、内壁を蠢（うごめ）かせ、何かを搾り出させようと小刻みに収縮を繰り返していた。

「あっ……や、ああっ、あっ」

後ろに突き刺した指を出し入れさせ、喉をのけ反らす慧を見てリカが生唾を飲む。

快感で寄った眉、悔しさに涙を滲ませる瞳。絶え間なく嬌声を上げる唇からは、熱を逃す為にか、無意識に舌が突き出ていた。

見せつけられる慧の痴態に目を眇めたリカは、それに噛みついた。一瞬驚いた隙を狙って舌を捻じ込み、気の向くまま蹂躙しながら慧の指を三本に増やす。

「んぅっ！　んんっ、んっ」

驚いて引っ込んだ慧の舌を追って、リカは呼吸すら奪う。けれど、それでは慧の声が満足に聞こえず、渋々ながらも唇を離した。

「はあっ、は、あっ……くる、し」

「もうイきそう？」

「ん、足りない……リカちゃんじゃなきゃ、足りない、から」

早く、早くと必死に強請る慧を見たリカが舌なめずりをした。焦らすように指を飲み込んだ蕾の縁を撫で、言葉で示せと強要する。

「リカちゃ、もうだめっ……お願い、早く」

「目、潤んでる。そんなに欲しい？」

「指じゃ足りなっ……あぅ、あっ」

「指で足りないなら、慧君は何が欲しい？」

ひくん、ひくんと一定のリズムで疼く慧の蕾は、既に限界の兆候を示していた。けれど寸前のところで堪えるのは、一人で達するのは嫌だという強い願いからだ。

「リカちゃん、リカちゃんが」

「リカちゃん？　俺、リカって名前じゃないんだけどな。人に頼みごとするなら、きちんとした名前を呼ばないとね」

きちんとした名前。リカの言うそれは、愛称ではなく本名で、ということだろう。だとしても、普段は殆ど――というより、今まで一度も――呼んでいないものを、いきなり呼べというのは酷すぎる。

「やだやだ！　名前、無理っ、やだ」

照れと緊張から、慧は泣いて許しを懇願した。それでもリカは首を縦には振らず、それどころか慧が最も弱い、性器の先端をぐりぐりと親指の腹で押す。

「名前呼んでくれなきゃ、俺も挿れてあげない」

「ひどっ……も、イきたい……のに」

慧は上半身を屈めてリカの首に抱きつき、歯を立てて不満を訴える。行きすぎた快感に慧の理性は崩れ、もう何も考えられなくなっていた。いつもならば言い返せる意地悪も、怪我をさせた負い目から言い淀んでしまう。そんな言葉にできない葛藤を、噛むことでしか発散できない。

「リカちゃんのバカ、変態、性悪」

「ほう。慧君はよほど寸止めが好きらしいね」

「好きじゃな、いっ、ああっ……あっ、や、め」

リカの大きな手のひらに握られた慧のそれが、形を変える。痛みですら快感に繋がり、最後の砦であった気丈さを投げ出した慧は、目前にある首元に顔を隠した。

リカの脈の音を聞きながら、弱々しい声を振り絞る。

「あ、あき……し」

「何？　聞こえない」

絶対に聞こえているくせに、平然と嘘をつくリカを睨みつける。けれど、精一杯の怒りを込めた慧の凄みは、リカにとっては可愛い威嚇でしかない。にっこりと笑ったリカは、手中にある慧の鈴口に爪を立て、早くと急かした。

諦めた慧が覚悟を決め、再び口を開く。

「俺はあ……あ、理佳が」

「うん」

期待で輝くリカの瞳。たかが名前を呼ぶだけのことに緊張する慧も、たかが名前を呼ばれることに固執するリカも、どちらも傍から見れば至極くだらない。それでも、その『くだらないこと』が二人には特別で——。

「好き。俺は、理佳が好き」

口にした途端、一気に体温が上がったのを慧は感じた。

照れて顔を上げない慧に、リカは笑いながら「よくできました」と先生ぶって頭を撫でる。しかしその声は嬉しさを隠せておらず、頬は緩みきっていて締まりがない。

まるで初めて恋を知った子供のような自分に、リカは内心で舌を打った。計算されていない慧の一言に踊らされるのは、いつも自分の方なのだ。

「慧君、心からの告白ありがとう。すごく嬉しいんだけど、俺は何が欲しいのかって聞かなかったっけ?」

「あっ……また騙したな?!」

「騙したんじゃなく慧君が勝手に勘違いして、勝手に告白してきたんだろ。人聞きが悪い」

「だってリカちゃんが言えって！　名前で呼べって言ったから……っ」

それは最大の不覚。リカは一言も好きと言えだなんて言っておらず、名前を呼べと言われただけ。それなのに、慧は自分から好きだと告白してしまった。性悪で人を揶揄することを生き甲斐にしている男に、格好の餌を与えてしまったではないか。

「悔しい。なんで俺、こんな性格悪いやつと付き合ってるんだろ……」

「それは慧君が俺のことを大好きだから、かな」

「誰も大好きとまでは言ってない。余計なものつけ足すな」

「はいはい。言葉では言ってなくても、身体は素直だな。さっきから慧君のここ、早く早くって震えて催促してるし」

すっかり忘れ去られていた後孔に息を吹きかけたリカは、慧の身体を浴槽の中へと引きずり下ろす。その突然の行動に慧が驚いている間に自身の腰を跨がせ、硬い切っ先を蕾の入り口に押し当てた。

「挿れるよ」

優しい前置きを一つ落とし、慧の腰を引く。中が押し広げられ、埋め尽くされる感覚。一気にではなく、ゆっくりと味わうような挿入に、慧は全身を粟立(あわだ)たせた。

「い、ああっ、や……ふか、深すぎっ」

時間をかけて慧の体内へと身を沈めたリカは、奥の壁を自身の先端で穿(うが)つ。そのあまりの深さに、上げた慧の悲鳴が浴室にこだまし、逃げようともがいた足が水面を蹴った。

飛んだ水しぶきがリカに降り注ぐ。顔にかかったそれを拭う為に動きを止めたリカを見て、慧は固まった。

「リカちゃんって」

付き合いが始まってから数カ月。リカと慧は、二人で風呂に入ったことがなかった。それは慧が恥ずかしがることが一番の理由だったのだが、今となってはもっと早く知りたかったと思ってしまう。

目の前にいるのはリカだけれど、いつものリカではない。そっと手を触れてみたそれは、質感こそ普段と変わらないが、やはり少し違和感がある。

慧の視線の先に気づいたリカが軽く頷いた。

「あぁ、これか。慧君に見せたことなかったっけ?」

「ない。え、なんで?」

「濡れたらこうなんの。乾けば元に戻るけどな」

濡れた髪を一束、指先で摘まんだリカが言う。

あまりにも綺麗なウェーブの髪を、慧はてっきりパーマだと決めつけていた。本人も何も言わないから、それで間違いないと思っていたのに。今、目の前にいるリカは艶やかな黒髪を真っすぐに落とし、日頃のふわふわヘアではない。

初めて見る姿が珍しく、慧は遠慮なく触る。いつもの柔らかさの代わりに、さらりと滑らかなそれ。ストレートになったことで、長さの増した前髪をリカは鬱陶しそうに後ろに流す。

「慧君、見すぎ。そんなに珍しいか?」

「すっげぇ……綺麗。艶々してて、なんか……ううん、綺麗」

真っ黒な毛先から透明の水滴が落ちるのも、白い肌に張りついているのも。どれもが慧の目には美しく映った。男のリカに使うべきではないかもしれないが、その言葉が一番しっくりくる。垂れた前髪の隙間から見える瞳も黒で、でも甘くて色っぽくて。本当に、心から見惚れた。常々、外見の整った男だと思ってはいたが、まさかここまでだとは知らなかった。

言葉なく見続ける慧にリカが妖しい笑みを零す。

「気に入ってくれたみたいで嬉しい。これは、慧だけが見れる姿だからね」

「俺だけ？　なんで？」

「一緒に風呂に入るなんて、お前としかしないから。だからこれは、慧君だけにしか見せない特別」

特別だと、慧一人だけのものだと言われると、収まりかけていた昂揚が蘇ってくる。つくづく慧を喜ばす言葉に長けているリカに、今日もまた翻弄され、乱される。

「やっばぁ……慧君、すっごく嬉しそうな顔してる。かぁわいい」

目元を赤く染めつつも、自然と上がってしまった慧の口角。そこを啄んだリカが、下から緩く突く。もうお遊びは終わりだと告げるかのよう、次第に大きくなる動きに、慧はリカの首に腕を回してしがみついた。

「あっ、あき……ああっ、き」

「それって俺のこと？」

「やだ、無理、もう無理……リカちゃん、無理っ」

下から揺さぶられながら呼ぼうとするけれど、どうしても呼べない。名前を口にすることが無理なのか、それとも我慢が無理なのか。自分自身でもわからないほど乱れる慧に、リカは律動を速めた。

「は、あっ……あっ、いや、や」

「慧君も動いてくれないと……っ、もういいや。どうせ今さらか」

満足に動けないことに焦れたリカは、右手に巻かれた包帯を口で解いた。するすると腕を滑り落ちる白く細い布。次いで貼られていた湿布も躊躇なく剥がす。手首を庇うように腕全体で慧の身体を支えたリカは、最奥めがけて大きく腰を突き上げた。

「んあっ、ひ、ああっ……奥、奥っ」

「奥、好きだもんな。慧君は、っは……奥を突くと、きゅうきゅう絡みついてくる」

「や、違う、好きじゃな……い、あっああ」

「好きじゃないの？　じゃあやめる？」

いつもと違う見た目でも、中身はいつもと同じ。リカは言葉と身体で慧を苛め、その反応を見て楽しむ。それでも、向けられる視線にリカからの愛情を感じた慧は、自らも腰を揺らした。水面が波打つのも構わず、熱情のままお互いを求める。

「リカちゃんっ、お腹っ、お腹が熱くて……あっ、も、むりっ」

とろとろと溢れ始めた慧の白濁。透明のお湯に混じって消えるそれは、最後の許しを請うかのようにリカの身体にも纏わりつく。

「もうイク、やだ、出る……イッ、ク」

絶頂へと向かう慧の身体が、自然とその準備を始める。つま先が固く丸まり、下腹部に力が入った。

中を穿つものを締めつけ、全てを奪おうとする後孔の動きに、リカは深く息を吐いて奥歯を食いしばる。

「いいよ、イッても……俺も慧の中に、出す、から」

リカの声にも吐息が混ざり、抽送にラストスパートがかかる。とっくに限界を超えていた慧は、与えられる刺激に酔わされ、甘ったるい声を上げた。

浴室中が嬌声と水音で溢れる中、目の前が白く霞んできた慧の身体が痙攣(けいれん)を始める。それは中にいるリカにも伝わり、十分すぎるほど大きかったものが更に嵩を増した。

「もうやだ、リカ、ちゃっ……むり、やだ、やだっ」

ちかちかと、閉じた瞼の裏さえも眩ませる光。強い快感に飲み込まれながら、慧はリカの肩に爪を立てた。

「あっ、でっ……る、う、イク――ん、くうっ」

艶やかな悲鳴と共に、慧は我慢し続けたモノを吐き出した。その数秒後、のけ反った首元に顔を埋め、短く呻いたリカも奥で弾ける。

体内を逆流していく、リカの欲望。本当は、それを一滴たりとも零したくはないのに、リカが出て行けば自然と失ってしまうから切ない。

「あ……」

注がれたそれが流れ落ちれば落ちるほど、どうしてか慧の胸は苦しくなった。思わず手で蕾を押さえてしまった慧の頬に、リカは口づける。

「場所、移動しよう。ここだと満足に動けない」

「でも。リカちゃんは怪我してるし」

「慧君、それ今さらだから。途中で外したの、気づいてなかったのか？」

ほら、と掲げられた右手。白い包帯で覆われていない素肌に驚いた慧が、視線を床へと向ければ、水に流された包帯が排水溝の近くで固まりになっているではないか。

「おっ、お前！　外しちゃ駄目だろ！」

「だから今さらだって。そんなことはどうでもいいから、慧君早く」

どうでも良くないと反論しようとした慧の言葉は、音になることはなかった。素早く重なったリカの唇に飲み込まれ、二度目の高みへ向けての行為が始まる。

移動した先のベッドで紡がれる睦言に、慧がやめてくれと懇願するのは時間の問題だ。

4

沈んでいた意識が浮上し、慧はゆっくりと瞼を開く。見上げた天井は見覚えのないもので、ここが自宅ではないことを思い出させた。

「あ、起きた。おはよう慧君」

急にかけられた声に身体がびくりと反応し、それを悟られまいと、慧は顔を背ける。しかし、鋭い洞察力を持つリカに、慧の抵抗は無駄な足掻きでしかない。

楽しげに唇を歪ませたリカが、慧の額にそれを落とす。そして、枕元に置いてあった薄めの冊子を差し出した。それはルームサービスの案内で、慧はなぜ、と首を傾げた。

「夕飯。予約キャンセルしたから、この中から食べたいもの好きに選んで」

「キャンセルってなんで?」

「気持ちよさそうに寝ているウサギさんを起こすほど、俺は鬼畜じゃないんで。優しい恋人で良かったね、慧君」

誰のせいで動けないと思っているのだろうか。偉そうに言い放った張本人を睨んだ慧は、目についた料理を次から次へと頼んだ。そんなに食べられないだろう、と呆れるリカを尻目にメニュー表を閉じ、シーツの中に潜る。

「さて、料理が届くまで一時間ぐらいかかるだろうし、その間に慧君に誕生日プレゼントを貰おうかな」

「だから、それなら家にあるんだって。まさかホテルに連れ込まれると思ってなかったから、持ち歩いてない」

頭まですっぽりとシーツを被る慧の隣に腰掛けたリカは、左手をベッドについて上から覗き込む。慧君、慧君と何度も呼ばれた慧が渋々ながら顔を出すと、待ち構えていたかのようにリカが手を伸ばした。

怪我をしている右手。奇跡的に瞬時に判断した自分を、慧は内心で褒める。いつもの癖で振り払ってしまっていたら、ただでさえ酷使したそれを、更に痛めつけていただろう。

「慧君。俺ね、どうしても欲しいものがあるんだけど」

慧の手を取り、リカはその甲に頬ずりする。唐突に始まったリカの『おねだり』に、慧の頭の中は疑問で一杯だ。

聞いた時には素直に教えてくれず、やっとのことで聞き出したプレゼントを、どうしてまた聞かされなくてはいけないのだろうか。それとも、前に聞いた物から変わってしまったのだろうか。

「シガレットケースって前に聞いた。もう買っちゃったから、変更は無理だぞ」

「違う。それも欲しいけど、もっと欲しいものがある」

言葉を紡ぐリカの表情は、真剣そのものだ。甲から顔を離し、恭しく指先を絡ませる。慧の指、一本一本にキスを贈るリカの瞼は伏せられ、長い睫毛が震えた。

らしくなく緊張している。甘い言葉など息をするのと同じぐらい簡単に言えるのに、今は良く回る口が意に反して動かない。

「リカちゃん？　大丈夫か？」

何から言うべきか逡巡するリカを呼ぶ慧の声。怪我が痛むのかと心配したその声色は、慧自身は気づいていないが優しい。優しくて、狂おしくて、愛おしい。リカにとって、唯一心を乱される音だ。

妙なところで真面目な慧から、未来の約束をこじつけるのは、自分勝手なエゴでしかない。たとえ口約束だったとしても、将来を縛りつけるようなことを言って良いのだろうか……。

リカは一人、迷う。迷って悩んで、でも欲しくて。

「慧。お前の——ここが欲しい」

今は渡せない本物の代わりに、唇で柔く食む。程よい肌の弾力を楽しみ、リカは強く吸いついた。そこにはうっすらと、けれど確かに赤い花が咲いた。

「ここって」

「本物を贈る時までの予約、かな」

慧の左薬指に刻まれた赤い痕。その指が何を意味するのかわかった慧は、驚きのあまりシーツの中から飛び出した。ぱちぱち、と瞬きをして、薬指とリカを交互に見る。

「え、あ……え？」

「何、その反応。相手が俺じゃ不満なのか？」

「いや違、え……ほ、本気？　リカちゃん本気で言ってる？」

慧は、まじまじと薬指を凝視し、強く肌を擦って消えないことを確認する。そして次に、リカに向かって本気なのかと訊ねてしまった。

本来なら甘くなるはずの空気が、慧が相手だと予想通りにいかない。思い通りに物事が進まないことを毛嫌いする自分が、不思議と嫌悪感を抱かないのは、全て慧が相手だから。

反発されることが心地良いだなんて、腑抜けた自分に呆れた。けれど、リカの心はぽかぽかと温かく、これが幸せなのだと実感する。

「本気も本気。俺は今、兎丸慧にプロポーズをしてる」

「プロッ、プ、プロ」

「慧君、焦りすぎ。深呼吸でもして落ち着いて」

「落ち着くなんて無理に決まってる！　だってプププ、プロポ―ズとか初めて……だし」

寧ろ初めてでない方が問題なのだが、突然のことに頭が真っ白になった慧は、ひとまず再びシーツの中に隠れることにした。それで何が変わるわけでもないが、どう対応すべきかわからなかったのだ。

立派な大人であるリカが、まだ高校生の慧にプロポーズをするなんて、非現実的すぎる。もしや、夢でも見ているのだろうか。頭から覆いかぶさった白い布地の中で、慧は頬を抓る。

——痛い。痛いってことは、現実……いや、ない。これは揶揄われているに決まってる。きっと、また意地の悪い悪戯だ。ここで本気にして返事しようものなら、嘲笑か冷笑が浴びせられるに違いない。けれど、でも、もし。もしも万が一、本気だったなら——。

その真意を知りたくて、慧はシーツを掻き分け、隙間からリカの様子を窺った。

そこにあったのは、柔らかい微笑み。頬杖をついたリカが浮かべるそれは、慧になけなしの勇気を振り絞らせる。

「リカちゃん。本当に、本気の本気？　酒に酔ってるとか、実はリカちゃんのそっくりさんで、偽物だとかいうオチがあったりして」

「失礼だな。こんな大事な場面で酒の力なんて借りない。それに慧君、たとえ外見が似ていたとしても、偽物と本物の区別がつかないようならお仕置きするから」

「そんな横暴な……そもそも、お前ほど顔が整ってる男なんて簡単に見つからないだろ」

慧の身体を隠しているシーツを、リカが剥がしていく。それが左手なのか、怪我をしている右手なのか考える余裕もないほど、慧の心臓は激しく鼓動した。

尋常ではない心拍数を隠すよう、心臓を押さえる慧の手に、リカのそれが重なる。

数日もすれば消えてしまう痕。リカはその表面をゆるりと撫で、毅然とした態度で笑った。

「ちなみにイエス以外は受けつけないから。もちろん、途中でキャンセルするのも認めない」

どこまでも我が道を行き、偉そうで人の意見なんて聞かない。

「素直に頷けば、どろどろに可愛がって、死ぬほど喜ばせてあげるよ」

慧の手に頬を擦り寄せたリカは、甘すぎる声色で唆す。そのくせ、送る流し目は鋭く、逃すつもりなど一切ないことを暗に告げていた。

「それ、どっちにしろ拒否権はないって言われてるみたいなんだけど」

「言われてるみたいじゃなく、そう言ってる」

「じゃあ俺の意見は必要なくね？」

「まあ一応聞いておこうかなって。ほら、今後の諸々の為にも」

その諸々を聞くことが怖くて、慧はため息を吐いた。

わざわざ返事など言わなくても、自分の答えなど知られている。それなのに、言葉を欲しがる欲張りな恋人に、慧は手を伸ばす。

「一日三食、おやつも付いてくるなら一緒にいてやってもいい」

「餌で釣られるなんて、さすがウサギ。その他に条件があるなら、今のうちに聞くけど」

「…………誕生日。来年は、ちゃんと当日に祝うから。再来年も、その次も、その次の次も」

全身から煙を上げる勢いで照れた慧は、そそくさとシーツに隠れようとした。もう何度目かもわからない行動に、先に反応したリカが先手を打って中へと潜り込む。

二人並んで寝転び、同じ高さで目が合う。

「好きだ」

凛と澄んで、耳に馴染む声。低すぎることはない、けれど安心感を与えるリカの声が鼓膜を揺らす。

「この先、兎丸慧の為だけに生きるから」

「なっ……急に何を」

「俺は重たいし依存はするし、不安にさせる時もあるけど。でも、何があっても慧の為だけに生きるから」

ストレートな言葉に、慧はあわあわと慌てる。目元まで真っ赤に染め、視線を右へ左へと彷徨わせる姿を見て、リカは嬉しそうに笑った。了承の返事は可愛げのないものではあったが、そんなものは想定の範囲内だ。

「せっかくだから、誓いの言葉でも言っておく？　丁度ウエディングドレスを着ているみたいだし」

煌びやかで繊細な刺繍があるわけでもない。ただの白いシーツを摘まみ上げたリカが、緩く笑う。慧はそれを一瞥して鼻で笑ったが、まだ真っ赤な顔をしていて迫力はない。

「俺は男なんだから、ドレスなんて着ない」

「あ、慧君ってば自分が着る側の自覚があるんだ？」

黒くほくそ笑んだリカに、慧は自然と自分が女役を受け入れていたことに気づいた。リカは、慧がドレスを着るなんて一言も言っていない。慧自身が認めてしまっては、話にならないではないか。

「くっそ！　また騙したな?!」

墓穴を掘って悔しがり、小突いてくる慧にリカは苦笑する。あわよくばルームサービスが来るまでに、もう一度可愛がってやりたいと思っていたが、慧のこの調子ではそんな雰囲気にはならないだろう。

それも良いかもしれない。これから長い時間を共にするのだから、じゃれ合ってふざける時間も大事にしたい。

真っ白なシーツの海で映える、リカの黒い瞳。全てを包む甘く優しいそれは、慧だけに向けられる。

「いいよ、別に。ドレスだろうが裸だろうが、相手が兎丸慧だったら俺はそれでいい」

他の誰かに言われたなら、嫌悪で鳥肌を立たせる一言。そんな台詞を言った本人は、枕に頭を預け、静かに目を閉じる。

眠たいのを我慢しているのか、薄く寄った眉間の皺。吐き出すリカの吐息は熱く、合間に漏れる声は、何かを堪えるように掠れている。何か……まるで、痛みに耐えているかのように。

「リカちゃん？　お前、もしかして」

おずおずと触れたリカの右手。支えを失ったそこは、燃えるように熱い。

「やっばぁ……なんだか、安心したら急に痛みが戻ってきた。しばらく動かせそうにないや」

「はあっ?!　だから無理すんなって言っただろうが！」

「ああ、待って慧君。そんなに揺らすと骨に響くから……あ、冷や汗出てきた。ははっ」

「リカちゃん?!　リカちゃん、リカちゃん、リカちゃんってば！」

痛みに呆けるリカを揺する慧の手。それを咎める気力もない。ただただ連呼される名前を聞きながら、言えずに終わった言葉を心の中で呟く。

——この先、どんなに様変わりしようと好きな気持ちは変わらない。辛いことがあれば、そっと傍に寄り添って慰め、どれだけ難しい困難があっても助ける。他の誰にも寄り添わず、他の誰も寄り添わせず、最期の瞬間まで一人だけの為に。

——兎丸慧の為だけに、生きる。

＊　＊　＊

いつか来る本番に言おうと決めたリカが目を覚ましたのは、それから少し時間が経ってからのことだった。まだ熱をもった手首に巻かれた包帯は歪で、意味があるのかは怪しい。

それでも、心配そうに見つめる恋人の目が潤んでいるのを目にすれば、自然と微笑みが零れる。帰ってからの通院を思うと憂鬱だが、今はそれを忘れることにした。

その結果、全治二週間の軽傷が、全治一カ月に延びることになるのだけれど。これでまた慧と一緒に風呂に入る口実ができた、と口を滑らせ、慧に暴言を吐かれたのは当然の流れだろう。

書き下ろし①

それは2人のご内密で

三寒四温。その字のごとく寒い日が数日続き、ようやく少し春らしい気候を迎えた頃。穏やかな太陽の光に迎えられ、慧は目を覚ました。枕元に置いてある時計を見れば、まだ九時を少し過ぎたところ。学校が休みの休日は昼前まで寝ている慧にとって、少し早めの起床だ。

見上げた天井は、自宅のそれではない。いや、同じマンションなのだから天井自体は同一なのだが、照明が違う。慧の家のそれは一般的なシーリングライトに対し、今見えているものはペンダントライトだ。あれに電気を灯せば、ほのかに暖かい光が点くことを慧は知っている。

なぜなら、ここが恋人である獅子原理佳の自宅で、身体を横たえているのが彼のベッドだからである。しかしながら、この寝室には慧しかいない。家主であるリカは、こんな時間までベッドで過ごすことはない。

「……起きる、べきなのか?」

リカは、慧を無理に起こしたりしない。自分は日頃と変わらない時間に起き、平日は仕事に追われてできない家事を全て終わらせる。それから朝食とも、昼食とも呼べない食事を用意し、慧が起きてくるまで静かに待っている。きっと今日も同じだろう、そう慧は思った。

久しぶりに身震いせずに済みそうな朝——慧にとってはまだ『朝』である——に目を覚ましたのだから、二度寝するには勿体ない気もする。若干重たい身体を起こし、慧は大きく伸びをした。

すると、気配を察知したのか、寝室の扉が静かに開く。

「おはよう、慧君」

大きな音など立てていないはずなのに、どうして気づいたのだろうか。リカは首を傾げる慧の傍まで歩いてくると、そっとベッドに腰掛けた。二人の視線の高さはさほど変わらない。と言うことは、いつも感じている身長差は足の長さの違い、ということになる。

「うぜぇ」

「え、朝の挨拶なしで暴言？」

「無駄に朝からキラキラすんな。本当にうざい」

理由もなく罵倒する慧に、リカは失笑する。こういう時、慧は思うのだ。

——リカちゃんって、本当によくわからない。

慧が知っている獅子原理佳は、仕事ができて誰からも一目置かれている存在。教師にしておくのが勿体ないと言われるほど、何でも器用にこなす。リカに何かを聞いて、答えが返ってこなかったことがないぐらい。それほど、勉学のみならず、雑学にまで才知に長けている。

それから、プライベートでは驚くほどに性格が悪い。感情の起伏は薄い方だけれど、怒らせると怖い……というのは、何度か身に染みて痛感している慧だった。

ぼんやりとそんなことを考えていると、まだ寝ぼけているると勘違いしたリカが身を屈める。触れるだけだった薄い唇からはコーヒーの香りに混じる、煙草の匂いがした。

「天気いいけど、どこか出かけるか?」

「どこかって、どこに?」

「どこにでも。慧君が行きたい場所なら、どこにだって連れて行ってあげる」

ここでもし慧が突拍子もない場所を挙げても、リカなら連れて行ってくれそうな気がする。それこそ、海が見たいだとか、山に登りたいと言っても二つ返事で受け入れてしまうだろう。

しかしながら、慧は極度のインドア派だ。わざわざ人のいるところに行く意味がわからない。

「別に。どこにも行きたくない」

「だろうね。そう言うと思った」

じゃあ聞くなと言いかけた言葉は、リカによって封じられる。先ほどよりも長いキスは、朝の挨拶にしては濃厚で。慧は身体を押す代わりにリカの頭を叩き、ようやくベッドから出た。


どこにも行きたくないとは思っても、行かなくてはいけない時もある。慧がそれに気づいたのは、一旦家に帰って着替えようとした時だった。そういえば、シャンプーを切らしていることを思い出したのだ。

「じゃあ、買い物に行くか」

リカにそれを言えば、ドライブも兼ねて出かけることになった。恋人との休日のお出かけがドラッグストアだなんて、色気の欠片もない。けれど教師と生徒という立場もあるから、デートスポットに易々と足を向けるわけにもいかない。

学校の関係者に会わないよう、車を一時間走らせる。数十分もすれば、見慣れない街並みが窓の外を流れ、少しだけ張っていた緊張の糸が解れた。

いくら気をつけていても、どこで誰が見ているかわからない。また誰かに見られることがないよう、慧はシートに深く沈ませていた身体を起こした。

「そんなに警戒しなくても。何かあっても、俺がなんとかするから」

「リカちゃんは危機感がなさすぎると思う」

「それは慧君にだけは言われたくないね。いつも問題を起こすのは誰だっけ?」

ぐっと喉を鳴らした慧が言い淀む。上手い返しが見つからず外を眺めるように顔を背ければ、肘掛けに置いていた右手をリカの左手が包んだ。片手運転をしながら、慧の手の甲を撫で、時折軽く引っ掻いて遊ぶ。

「リカちゃん、うざい」

「はは。今日の慧君もボキャブラリーが少ないね」

「笑いながら貶してんじゃねぇよ、この変態」

「変態も聞き慣れたなあ。たまには違う罵倒が聞きたい」

罵倒が聞きたいって言う時点で変態じゃないか。包まれた右手を引いた慧は、逆にリカの左手を自ら握った。けれど指を絡ませて甘えることはせず、綺麗に筋の通った甲を思いっきり抓ってやる。

「慧君、痛いんだけど」

「痛くなるように抓ってるからな。これに懲りたら、ちゃんと前向いて真面目に運転しろ」

「はいはい」

素直に離れて行った手。少し寂しさを感じつつもリカの横顔を盗み見た慧は、見惚れるほどに整った顔に嘆息する。言葉には出さないが『好き』という気持ちが大きいのは、きっと自分の方なのだ。

お目当てのシャンプーをかごに入れ、他に必要なものを物色する。ティッシュはまだストックがあるし、洗剤類も大丈夫なはず。これは自分よりもリカの方が詳しいだろう。なにせ、今では慧の家の掃除もリカがしているのだから。

「リカちゃん、俺あっちの方見てくる」

そう言って慧が指さしたのは、店内奥にあるお菓子のコーナーだった。大きなドラッグストアには、こういった食品類も置いてあり、食事よりもお菓子を好む慧は先ほどから気になって仕方なかった。

「ん。お菓子は一つまでだから」

「お前は俺の母親か」

可愛げのない返事を返し、振り返った慧が何かにぶつかる。それは、ちょうど隣の棚を見ていたカップルの男の方だった。

「あ、すみません」

リカに対しては生意気な慧も、初対面の相手にはきちんとした言葉遣いで謝る。すると、相手の方も眉尻を垂れて、小さく頭を下げた。

「いや、こっちこそすみません」

明らかに年下の慧に対しても律儀に謝る青年。その隣に立っていた女の方も、詫びるように首を動かす。そして、青年の肘を小突いた。

「ほら、ちゃんと周り見て、ちょけんといてって言ったやん」

「うっさい。お前もさっき棚にぶつかっとったやろ」

「あたしは棚やもん。人に迷惑かけてへんもん」

「あー、可愛くない。この前汚したワンピース、さらの買ったろ思ってたのに」

目の前で飛び交う言葉の応酬に、慧はたじろぐ。それに気づいたのか、言い合っていたカップルは同じタイミングで謝り、そそくさと去って行った。残された慧の後ろで、リカがくつくつと笑い声を堪えている。

「慧君、戸惑いすぎ。そんなに関西弁が珍しいか?」

「あ、ああ……。生で聞いたの初めてで。何言ってるのか、わかんなかった」

生まれも育ちも関東、周りも全て標準語ばかりで、関西弁を聞くとしてもテレビの中でだけだ。ある程度は聞き取れていても、単語の詳しい意味まではわからない。未だキョトンとしている慧に、リカが微笑む。

「ちょける、はふざけるって意味。さら、は新品のこと。男の方は彼女に新しい服を買ってあげる予定らしいよ」

「そうなのか……って、なんでリカちゃんはわかったんだ?」

知識と経験の差なのだろうか。素直に疑問をぶつけた慧に、リカは何てことないように答える。

「父方の実家が関西だから。学生の頃は長い休みの度に帰っていたし、数カ月向こうで暮らしていた時期もある」

「へえ——へえ?! え、じゃあ喋れんの? リカちゃんも、さっきみたいなの喋れたりすんの?!」

「まあ一応は。つい出ちゃうって程ではないけれど、向こうの人と話していたら自然と移るよ」

棚に目を留めたリカが、かごへと何かを放り込む。慧が気になったのは、それが何なのかよりも、リカの言った台詞だった。

リカも関西弁を話せる。その一言は慧にとって、とても魅力的な情報で。きっとそれを知っているのは、限られたごく少数なのだろう。聞いてみたいと思ったのは、至極当然のことだった。

「リカちゃん、関西弁で喋って」

「は？　何、急に。嫌に決まってるだろ」

「なんでもいいから、なにか話せって」

「その無茶ぶりが一番困るんだって。いいから早くお菓子選んでおいで」

背中を押され、あまつさえ手まで振られて軽くあしらわれる。基本は自分に甘いリカだが、頑固なところもあることを知っている慧は不服に思いつつも、渋々とお菓子のコーナーへと向かった。

「リカちゃんのケチ」

食べたい物を何点か物色しながらも考えるのは、どうして教えてくれないのかということ。人前で見せない一面を知りたいと思うのは、恋人として当然のことなのではないだろうか。

別に高価な物を買ってくれと強請ったわけではない。無茶苦茶な要求ではないはずなのに、叶えてくれないのはリカの愛情が薄いから？

「いや、それはない……はずだけど」

自分が愛されていることは、嫌ほどわかっている。尋常じゃないぐらい、リカに愛されている自覚はある。けれど、どこか不満が拭えない。

色とりどりのパッケージ。手に取ったお菓子の箱は、どれも美味しそうに見えるのに気分は沈む。人知れず何度目かのため息をついたとき、後ろに甘い匂いを感じた。今、手に持っているクッキーの香りにも似た、バニラのそれだ。

「慧君、決まった？」

向かいに棚。後ろにリカ。両サイドをリカの長い手で挟まれ、完全に囲まれた慧は、びくりと肩を跳ねさせる。

「リッ、リカちゃん?!」

「一つ選ぶのにどれだけ時間かかってんだよ」

呆れているようで、でも優しい眼差し。慧は、抱えている不安や不満が、少しだけ和らぐのを感じた。それは慧の様子にも出ていたのだろう、僅かに瞳を揺らして自分を振り返って見る視線に、リカが苦く笑う。

「はあ……俺も、大概甘いね」

「は？　え？」

ぽすん、という音と共にリカの頭が肩に乗る。面食らう慧の耳元に唇を寄せたリカが、小さな声で囁いた。

「ほんま、しゃあない子やな」

驚きで開いていた慧の目が、一層大きく丸くなった。じわじわと身体を伝わる熱は、照れと喜びからのそれ。

「でもな、そういう一生懸命なとこ、めっちゃ好きやで」

「りっ……りりり、リカちゃん?!」

「たまらへん」

慧の首元から顔を上げたリカは、普段と変わらないクールで嫌味なほど澄ました表情をしていた。けれど、浅く被ったニット帽から覗く耳が、微かに赤い。

ふるさとでも何でもない、ただ一時期を過ごしただけ。そこの方言で喋るのは、リカにとっても気恥ずかしかった。けれど、最愛の恋人が切なく瞳を揺らしているのを見ると、自分が叶えられることなら叶えてやりたいと思うのも当然で。

照れているのを隠すよう身を離したリカは、慧の持っていたお菓子の箱を全てかごに入れた。そのままレジへと向かい、足を進める。その後ろでは、慧が耳を押さえて呆然としていた。

本当に、可愛い。高価なプレゼントも要らない、どこかへ連れて行けと文句を言うこともなければ、むやみに媚びることもない。時々、理不尽に当たられることはあるけれど、それが子ウサギの甘え方だと思えば、不思議と怒りの感情は一切湧いてこないのだ。

自分がこうも変わるかと失笑しながら、未だ夢心地の慧を見つめる。

「ほら慧君、早くしないと置いて行くよ」

「あ、えっ、待って」

「それから、外でそんな潤んだ瞳をしない。するなら家で、俺と二人の時だけ」

注意するように、慧の小さな鼻を抓む。何をするんだ、と怒る姿さえ愛おしく見えて、リカから自然と笑みが零れた。

公に言える関係ではないし、我慢させることも多いだろう。不安で眠れない夜だってあるかもしれない、悩んで苦しむ時だって来るかもしれない。

それでも、いつも想っている。いつだって、君だけを想っているのだと伝える為の方法。言葉で。態度で。自分のもてる全てをかけて、届けたいと思う。その気持ちを込めて、そっと慧の頭を撫でた。

「リカちゃん、あの……えっと」

そろりと見上げてきた慧の目尻は赤く、リカは釣られないよう視線を外す。レジの位置を確認するふりをして「何？」とさりげなく返せば、小さな声で「また聞きたい」と素直に言われてしまった。


初春の天気は三寒四温。寒い日が三日ほど続き、暖かい日が四日ほどあって、これを繰り返す。自分の心は、三日とは比べようもないほど、ずっと冷たいままだった。それを温めてくれたのは、紛れもなく隣で見上げてくる慧で。

それならば、リカと慧の春に訪れる温もりは、四日では済まないのではないだろうか。できれば一秒でも長く、居心地の良いこの関係が続いてほしいと思う。

でも、今は――。

「……気が向いたら、ね」

流した台詞に慧が膨れる。笑って怒って、忙しい慧の感情にリカは破顔した。それを性格が悪いと責められようと、リカの胸に宿った穏やかな温もりは消えない。

いつまでも笑っていられますよう。悲しいことや辛いことがあっても、それを乗り越えられるぐらいの幸せが、多く降り注ぎますよう。

願わくば、慧のこれからの人生が、ずっと暖かな春のようであってほしい。

そんなことを祈った、初春の昼下がりの話。

書き下ろし②

歩くんは知らない話

『働かざる者食うべからず』

正にその言葉通り、五日連続でバイトに勤しんだ牛島歩は、やっと訪れた休日の昼過ぎに目を覚ました。枕元に放置していたスマートフォンを手に取ると、バッテリーの切れた画面は黒一色。最後に充電したのは確か三日ほど前だから、それも仕方ないかと元の場所へと放る。

「今……何時だ?」

自分の部屋で一人きり。当然、誰からも返ってはこない独り言を呟く。すると、のんびりとした声色で、まさかの返答がきた。

「一五時と、それから九分。いくら休みの日とは言え、随分とお寝坊さんだこと」

その声は、どうやら足元から聞こえてくるらしい。けれど、どう考えても自分の足は言葉を発することはないし、鍵の掛かったこの家に入ることのできる人間は、ごく少数だ。

一緒に住んでいる母親か、もしくは認めたくはないけれど血の繋がった兄。数年前に離婚した父に、母が合鍵を渡すとは思えない。ともすれば答えは自然と二人に絞られ、先ほど聞こえた声の低さから、誰がいるのかを悟った歩は眉を寄せた。

眇めた目で向けた視線の先に見えるのは、腰掛けたベッドから投げ出された長い足。ちらりと見えた靴下がペンギンの顔のように思えたのは、きっと寝起きで判断が鈍っているからだろう。

「なんで、ここにいるんだよ……」

しゃがれた声が出て、歩は咳払いをした。乾いた口内に不快感を覚えつつも、目の前で優雅に微笑む人物を睨みつける。

疲れている時にも、疲れていない時にも会いたくない男、不動の第一位。一度会えば無理難題を投げつけられるか、意味のわからない話を聞かされるか、とにかく良い思い出はない。

「起きてすぐ兄貴の顔見るとか、拷問なんだけど」

のっそりと緩慢な動きでベッドから出た歩は、ローテーブルに置いてある煙草の箱を手に取った。しかしながらそれは空箱で、昨夜に最後の一本を吸い終えてしまったことを思い出す。わざわざ買いに出るのも面倒で、起きてから行けばいいやと睡眠を優先してしまった。昨日のものぐさを後悔しつつ、未だベッドに腰掛けているリカを振り返る。

「煙草」

差し出した手と、紡いだ言葉の意味は「煙草を寄越せ」だ。当然リカもそのことをわかってはいるのだが、わざとらしく肩を竦めた。けれどその目元は細く歪み、唇は弧を描いている。

「兄貴、煙草」

「きちんとした日本語を喋れないやつには駄目」

「……煙草、くれ」

「人にものを頼む言い方とは思えないな。もう一度、小学校からやり直すか？」

くいっと勝気に上げられた口端。愉しげに笑うその顔を、歩は思いきり殴ってやりたいと思った。けれどそれをしないのは、その後に返ってくるであろう仕打ちがわかっているからだ。

名字が違うということで、歩とリカが実の兄弟であると知っている者は少ない。それでも二人は正真正銘、血の繋がった兄弟である。因って、歩はリカの本性を誰よりも近い場所で見てきた。

「ほらほら、あゆ君。頼みごとは、もっと丁寧に言わなきゃな」

にやにやと瞳と唇を歪ませる兄の姿に、どうしてこの男が理想の教師だと言われているのか、甚だ理解できないと歩は思った。少し――いや、かなり顔は整っているけれど、その中身は問題しか詰まっていないと言うのに……。

「兄貴、本気でうざい」

意地でも物乞いなんかしないと決めた歩は、舌打ちを落としベッドへと戻った。足元に座っているリカを足蹴にし、出て行けと促すと、あろうことか男は上へと移動してくる。

腰の辺りまできたリカが身を屈める。真上から見つめる真っ黒な瞳に、歩は思わずたじろいだ。

その理由は簡単で、牛島歩の初恋は、兄である獅子原理佳が相手だったからだ。

今から一〇年ほど前、高校の文化祭で女装したリカの写真を見た歩は、それが兄だとは気づかなかった。黒髪の美人だと思い込み、幼いながらに淡い恋心を抱いたのだ。そして長い年月が経ち、その正体を理解した今も、やはり好みの顔には違いない。こうして至近距離で見つめられると、不覚にも胸が弾んでしまう。

「近いんだけど」

「それがどうした？　自分の弟を近くで見つめて何が悪い？」

「悪いって、心臓に悪いと言うか……何と言うか」

しどろもどろになりながらも、必死に顔を背ける歩にリカは詰め寄る。もはや、覆いかぶさると言った方が適切かもしれないほど近くに寄り、眇めた目で自身の弟を凝視した。

ごくり、と歩の喉が鳴る。状況に追いつけない頭が必死に回る中、リカはその口を開いた。

「ところで。慧君がお前のバイト先で働くって言い出したんだけど、どういうこと？」

「――は？」

「俺に何の相談もなく、勝手なことしてくれたね……歩君」

どうして自分が責められるのか、歩は考えた。けれど、どれだけ考えてもその答えは見えてこない。

確かに慧にバイト先を紹介してくれと言われた。何度か断ったが、あまりにもしつこい上にちょうど人手が足りず、短期ならばと紹介してやった記憶はある。でも、それだけだ。

働くことを決めたのは慧だし、雇うことを決めたのは店の店長。そこに歩は関与していない。

「歩。お前、俺に歯向かう覚悟はできてるんだろうな？」

しかしながら、笑って怒る兄にそんなものは通用しないらしい。日頃から他人の意見など無視し、慧のことだけを考えているバカな兄は、怒りの矛先を自分へと向けてきた。

どうして、と思わないでもない。いい加減にしてくれ、とも言いたくなる。それでも寸前のところで言い留まるのは、歩にとってリカも慧も大事な人に変わりないからだ。

「はあ……。兄貴、慧も高校生なんだからバイトぐらい平気だろ。それに、俺が一緒にいるんだし、何も問題は起こさせないって」

リカからの鋭い視線を、愛想笑いで歩は宥めた。しかし当の本人は、まだ言い足りないのか不平不満をぶつけてくる。しかもそれは、聞けば聞くほど惚気に変わっていっている気がするのだ。

「慧君は強気なくせに妙に優しいところがあるから、誰に目をつけられるかわからない。男も女も惹きつけるなんて、本当に困った子だ。あの生意気なところは、一周すると可愛いとしか思えない。大体、顔も態度も、仕草すらも可愛い慧君がバイトなんてしたら、店はパニックに陥るかもしれない」

「あ、ああ……それは、どうだろうな……そうかもな」

自身の知っている兎丸慧と、リカの語る慧の話に歩は首を捻った。けれど口は同意の言葉を発し、事を穏便に済ませようとする。

慧と歩が親しくなって数年が経つが、生意気なところを可愛いと思えたことは一度もない。それをリカは『可愛い』と表現するのだから、兄の脳内は一面花畑に違いないだろう。

昼過ぎまで惰眠を貪り、自堕落に過ごすはずの休日が、刻一刻と過ぎていく。それと同時に、多少問題はあるものの、自慢だった兄が崩れていくのを歩は感じた。

頭を振って現実から逃げようとする歩に、リカが訊ねる。

「慧君のシフトは？　何曜日が出勤なんだ？」

「確か今週は火曜と木曜、それから――」

「そんなに多いのか?!　あり得ない、俺の慧君が過労死したら、どう責任とってくれるんだ？」

あり得ないのはお前の思考回路だと言いたい。それが叶わないから口を噤み、額を押さえた。そんな歩と同じように、頭を抱え考え込んだリカは、しばらくして顔を上げ、小さく頷いた。その一連の流れに、嫌な予感がする。

そして、歩の予感は見事に的中した。

「決めた。監視に行く」

「監視？」

「授業参観があるぐらいだからな。バイト参観があっても、何も問題ない」

「バイト参観……？」

聞き慣れない言葉に、歩は頭を捻る。けれどリカは自分なりの解決法を見つけたのか、満足そうな顔で立ち上がり、いつもの何様俺様リカ様の表情で微笑んだ。

「歩。バイト中のことはお前に一任する。何も問題が起きないよう、慧が安心して働けるよう手助けしてやれ」

「なんで?」

「なんでって、お前が紹介したからだろうが。一度乗りかかった舟なんだから、最後まで責任もって付き合えよ」

「いや、だからなんで俺に一任すんだよ……」

嘆く歩とは裏腹に、やけにすっきりとした顔つきになったリカが部屋の扉に手をかけた。どうやらリカの用は件の話だけらしく、弟の様子を見に来たわけではないようだ。

どこまでも我が道を突き進む兄の背中を、歩は見つめた。外面的には今までと何ら変わりはないのに、中身は生まれ変わったかのように別人だ。

歩の知っている兄は、たかがバイト如きで口を酸っぱくさせることはなかった。実の弟が喫煙していることを知った時も、程々にと軽く諫めるだけだった。

それが兎丸慧を相手にすれば、極端に心が狭くなる。器の大きい男だったはずが、その入れ物がお猪口よりも小さくなるのだ。

――こんな大人には、絶対になりたくない。

かつて憧れていた兄の背に、歩は誓う。たとえどんなことが起きても、リカのような非常識な男にだけはならないと決意を固め、早く出て行けと訴えかけた。

そんな歩の願いは通じることなく、扉に手をかけたリカが「そうだ」と振り返る。

「歩、はいこれ」

放物線を描いて投げられた物。勿体ぶってくれなかった煙草の箱が、歩の手元へとやってきた。歩が受け取ったことを確認したリカが、薄ら笑いを浮かべる。

「賄賂って何が？」

「受け取ったな？　それ、賄賂だから」

「と言うよりも、手付金と言うべきか。お前は俺から依頼を受けて、その代金として煙草を受け取った。一度引き受けたからには、きちんと役目は果たせよ」

どうして素直に受け取ってしまったのだ、と悔やんでも遅い。手元に鎮座する、未開封の箱を歩は睨む。

「もし慧に何かあったら……わかるよな、歩？」

わかりたくないのに、わかってしまう。頷かず、けれど首を振ることもしない歩の沈黙。それを肯定と受け取ったリカは、くつくつと喉を鳴らし、手をかけていた扉に凭れた。

蕩けるような甘い笑みと、心地良い穏やかな声で弟の名を呼ぶ。

「期待してるよ、あゆ君」

「……最悪。お前もう帰れよ」

「こらこら。血の繋がったお兄ちゃんに、最悪なんて言っちゃ駄目だろ。そんな可愛げない子に育てた覚えはないんだけどな」

「こっちも兄貴に育てられた覚えねぇよ」

肩を竦めたリカが部屋から出て行く。残された歩は新品の煙草と睨めっこをし、負けそうになって、それをテーブルへと放り投げた。


重たい身体を引きずって足を運んだリビングには、リカが用意したと思われる食事が置いてあった。それをリカが作ったと歩がわかったのは、二人の母親は料理が苦手だからだ。

バランスよく、それでいて見た目もこだわったそれに手を伸ばす。指で摘まんで口に放り込んだ煮物は程よく味が染み込んでいて、手をかけて作ったことが容易に想像できた。

納得できない要求を残して行った兄だが、少なからず気にかけてくれているのだと思うと、少しぐらい協力してやっても良いかと考えてしまう。歩は自分自身の甘さから目を背けるよう、代わりに苦い煙を肺に入れることにした。

リカから渡された、賄賂代わりの紫煙。それは愛煙の物と何一つ変わらないはずなのに、いつもよりも一段と美味く感じた。きっと起き抜けの一本だからだ、と自身に言い聞かせる。

「一カ月だけだし。放っておいたら、それはそれで面倒だし……仕方ない」

いくら突拍子もないことをする慧でも、さすがにバイト中の短い時間に問題は起こさないだろう。楽観的に考えた歩は細い煙を吐き出した。

しかしながら、この数日後、歩は思い知ることになる。

いかに兎丸慧が面倒事に巻き込まれやすい体質か、ということ。それから、宣言通りバイト参観を遂行した、兄の非常識さ。慧には「歩の所為でリカちゃんに怒られた」と文句を言われ、一方のリカには「報酬分も働けないのか」と呆れられ、散々な目に遭った。

牛島歩は思う。

——もっと平和で、まともな兄貴と友達が欲しかった……。

それでも今日も相変わらず、律儀に相槌をうつ。聞いていない素振りを見せながら、しっかりと耳を傾けているが歩は知らない。

『実は友達思いの歩君』『隠れブラコン歩君』『不憫で苦労性な歩君』

そう呼ばれていることを歩が知るのは、少し先のことである。

あとがき

改めまして、桃吉です。「リカちゃん先生にご用心」恐れ多いことに二冊目を出していただきました。いつも応援してくださる読者の皆様のおかげです！

前巻が出てから数カ月。少し落ち着いてきたところで二巻のお話をいただき、こうしてまたリカちゃん先生を書かせてもらっております。正直、自分が本を出した実感はありません。きっとこの先も変わらないのだろうな、とマイペースを貫いております。


さて、今回のお話は、ほぼ書き下ろしたのですが、少しは楽しんでもらえましたでしょうか。一巻の時よりも距離が縮まり、会話も自然体になってきた二人です。リカとウサギで『リカウサ』と呼んでもらっているのですが、その呼び名が似合う二人になっていたら幸いです。

そして新たに登場した、思い込みが激しく生真面目で、かなり不器用な狐坂尊。完全に名前負けしている彼ですが、悪い子ではないので温かい目で見守ってやってください。

メインの二人以外にも、あまり出番のなかった大熊桃太郎、美馬豊。相変わらず騒がしい鳥飼拓海。そして急に出番の増えた牛島歩。お気に入りの子を見つけてもらえると嬉しいです。ちなみに、私の周りはライオングッズで溢れており、読者様からいただくプレゼントも、ほぼライオンだったりします。いつもありがとうございます。

話は変わりますが、一巻に引き続き、二巻でもジェニー先生がカバーイラストと挿絵を担当してくださいました！　ぜひ『圧倒的に顔が良い』獅子原をご覧くださいませ。

いつも頭の中で描いていた場面を、絵で表現してくださるのって、すごく光栄ですね！　ジェニー先生にお会いしたことはないのですが、いつか機会があれば全力で御礼を言わなければ、と思っております。

先生以外にも、今回もまた沢山の方にご協力いただきました。いつも私の意思を尊重してくださる担当様、編集に関わってくださった皆様。本当にありがとうございました。特に今回は、私が気分で描いた落書きをデザインの中に取り入れてくださいました。読者の皆様もぜひ覚えてくださると嬉しいです。（章タイトルのページにある、ライオンとウサギです。）

そして最後になりましたが、いつも応援してくださる読者の皆様。たくさんのご声援のおかげで、無事に二巻も世に出すことができました。ありがとうございます！

まだまだリカウサは続くのですが、続きが出るかは皆様次第……と、いうことで（笑）。

今後もリカウサ並びに、桃吉をどうぞよろしくお願いいたします。

やっぱぁ……最後まで読んでもらえるなんて、感無量だね。と、リカの口癖を借りて、あとがきとさせていただきます。

桃吉

エクレア文庫をお買い上げいただきありがとうございます。
この本を読んでのご意見・ご感想をお待ちしております。

〒162-0814
東京都新宿区新小川町4-1 KDX飯田橋スクエア3F
株式会社MUGENUP エクレア文庫編集部
「リカちゃん先生のご内密」係まで
ファンレターは「桃吉先生」「ジェニー先生」係まで

エクレア文庫

リカちゃん先生のご内密

2018年6月1日　第1刷発行

著者：桃吉

発行者　**伊藤勝悟**

発行所　**株式会社MUGENUP**
〒162-0814 東京都新宿区新小川町4-1 KDX飯田橋スクエア3F
TEL：03-6265-0808　FAX：03-6265-0818

発売元　**株式会社星雲社**
〒112-0005 東京都文京区水道1-3-30
TEL：03-3868-3275　FAX：03-3868-6588

印刷所　**図書印刷株式会社**

Printed in Japan
ISBN 978-4-434-24516-9 C0293